クライブ・カッスラー
& ボイド・モリソン/著
伏見威蕃/訳

悪の分身船《ドッペルゲンガー》を撃て!(下)
Final Option

扶桑社ミステリー
1543

悪の分身船《ドッペルゲンガー》を撃て！（下）

登場人物

ファン・カブリーヨ――――――――〈コーポレーション〉会長。オレゴン号船長

マックス・ハンリー――――――――〈コーポレーション〉社長。オレゴン号機関長

リンダ・ロス――――――――――〈コーポレーション〉副社長。オレゴン号作戦部長

エディー・セン―――――――――オレゴン号陸上作戦部長

エリック・ストーン――――――――同航海長兼操舵手

フランクリン・リンカーン――――――同特殊部隊チーム指揮官

ハリ・カシム―――――――――――同通信長

マーク・マーフィー――――――――同砲雷長

ジュリア・ハックスリー――――――同医務長

ゴメス・アダムズ―――――――――同パイロット

マクド・ローレス
レイヴン・マロイ }――――――――同乗組員

モーリス――――――――――――――同司厨長

リカルド・フェレイラ――――――――犯罪組織への技術提供者

ザカリア・テイト―――――――――ポートランド号船長

アブデル・ファルーク―――――――ポートランド号の技術者

キャスリーン・バラード――――――CIA職員

ラングストン・オーヴァーホルト――CIA幹部

マイケル・ブラッドリー――――――米原潜〈カンザス・シティ〉乗組員。海軍大尉

33

アルゼンチン

翌朝、マルデルプラタの港で、エディーは桟橋《さんばし》に立っていた。オレゴン号の機能する唯一のクレーンが、船艙《せんそう》から吊《つ》りあげたトラックを桟橋におろすところだった。その角張った車には、四人が乗れる運転台《キャブ》があり、馬鹿でかい車輪は、それを積んでいた船とおなじように錆《さ》びてガタがきているように見えた。車体側面に描かれた〝ベルテガス石油探査〟という文字は、薄れていた。ＰＩＧは、強化型地上調査車《パワード・インヴェスティゲイター・グラウンド》の略語で、意図したとおり、平凡なトラックに見える。

税関の検査官が、おりてくるＰＩＧを見て、かすかな嫌悪の色を浮かべた。

「この車はちゃんと走るのか？」クリップボードの書類を確認しながら、検査官がかなりなまりのある英語でいった。

エディーはうなずいた。「意外かもしれませんが」

「ああ、まったくもって意外だね。見せてくれ」

PIGが着地すると、レイヴンとリンクがケーブルをはずし、エディーが検査官を案内して、ひとしきり見させた。リアドアをあけると、貨物室にはフロアからルーフまで、鋼鉄のドラム缶六本がびっしり積んであった。

「これはなんだ?」検査官がきいた。

「予備燃料ですよ」エディーは答えた。「南の辺鄙《へんぴ》なところで探鉱をやる予定なので」

検査官がドラム缶を叩《たた》き、液体が満載されていることを示す音が響いた。

「なんなら、一本おろして、なかを見せますよ」エディーは持ちかけた。

検査官が、ちょっと考えてから腕時計を見た。

「お急ぎですか」エディーは、手にしていた数百ドル分の紙幣をちらつかせた。「おたがいに、さっさとこれを終えてもいいですよね」

検査官が、紙幣をじろりと見て、ゆっくりとうなずいた。「それがいちばんよさそうだ」

税関の書類にサインできるように、検査官がクリップボードをエディーに渡した。エディーは書類の下に札を挟んで、笑みを浮かべ、検査官に返した。

「ありがとう、セニョール」

「どういたしまして《デ・ナダ》」

検査官が金をポケットに突っ込みながら歩き去ると、レイヴンがいった。「ドラム缶の燃料を見せなければならないことが、一度でもあったの？」

エディーは、首をふった。「でも、つねに見てもいいと、こっちからいうんだ。そうすると、なにも隠していないと思ってくれる」

そのドラム缶六本には、ほんとうに予備燃料がはいっているが、六本をおろすと現われる奥のドラム缶は、貨物室の内部を隠すためのもので、半分に切ったものを並べてあるだけだった。

ＰＩＧを考案したのはマックスで、ゼロから設計した。メルセデス・ウニモグのシャシーを強化して、ライフルの弾丸に耐える装甲をほどこした車体を載せ、自動パンク止めタイヤを履いて、八百馬力のターボ付きディーゼルエンジンで駆動する。短時間であれば、ニトロ添加により千馬力を発揮できる。フロントバンパーの裏には三〇口径機関銃が隠され、側面にふり出される兵装架からロケット弾を発射できる。切れ目の見えないルーフハッチをあけて、迫撃砲弾を発射でき、発煙機で後方に濃い煙幕を張ることもできる。

エリックとマーフィーが、マックスを説得し、ドライブ・バイ・ワイヤ機構に遠隔操縦機能をつけくわえた。その携帯操縦装置は、レイヴンのポケットにはいっている。

貨物室にはフル装備の戦闘員が十人乗れるが、カブリーヨを救出するまで、エディー、リンク、レイヴンの三人だけが乗っていく。

三人は、わざと汚く見えるように塗装されたキャブに乗った。革のシートは破れ、汚れていたが、柔らかい座り心地で、体をしっかりと支える。エディーが助手席に乗り、リンクがリアシートに乗って、貨物室に通じるハッチをあけて、武器を荷ほどきした。レイヴンが運転席に座って、エンジンをかけた。ふつうのディーゼルエンジンのようなゴロゴロという音だったが、すさまじいパワーがシャシーから伝わってくるのを、エディーは感じていた。

レイヴンがひとつのトグルスイッチを引くと、旧式のダッシュボードがひっこんで裏返り、ハイテクの制御盤が現われて、搭載《とうさい》している兵器をすべて使用できるようになった。大型の液晶画面もあり、アルゼンチンの地図が表示されていた。カブリーヨの追跡装置の赤い点が明滅していた。

「ブエノスアイレスから一一〇キロメートルほど離れているようね」レイヴンがいった。

エディーが暗算してからいった。「そうすると、邀撃《ようげき》地点はラスアルマスの刑務所の四〇キロメートル北になる。けっこうきわどいな」

「心配しないで」レイヴンがいった。「わたしは飛ばし屋だから」

レイヴンは、PIGのギアを入れ、港から出た。そのときには、オレゴン号はすでに係留を解き、桟橋を離れて、沖に向かっていた。

ブエノスアイレスを出発した車両縦隊は、もう二時間、走りつづけていた。カブリーヨは、血流がとどこおらないように、背中のうしろでずっと指を動かしていた。手錠はそうきつくはなかったが、SUVのリアシートにその姿勢で長く座っているのは、居心地悪かった。着せられているつなぎの上からシートベルトを締められなかったことだけは、ありがたかった。好機が訪れたときに、シートベルトで固定されていると、行動するのが難しくなる。

とはいえ、前の助手席に乗っているサンチェス大佐の周到な警戒に、カブリーヨは感心していた。油断してはいけないと、テイトに注意されたにちがいない。

カブリーヨのとなりには、巨体の傭兵《ようへい》がいて、ヘッケラー&コッホMP5サブマシンガンの銃口を向けていた。その傭兵は、片時もカブリーヨから目を離さなかった。

SUVの前とうしろを、銃塔に五〇口径機銃を備えているスイス製のMOWAG《モワク》グレナディア装甲人員輸送車が固めていた。また、傭兵たちが、携帯式対戦車擲弾発射機《RPG》を車内に持ち込むのを、カブリーヨは目撃していた。

サンチェスが、テイトの助言をとことん真剣に受け止めていれば、カブリーヨを装甲人員輸送車に押し込めて同乗していたはずだった。だが、サンチェスは、エアコンの効いているSUVの革製シートに心地よく座って、捕虜を見えるところにいさせたほうがいいと思ったようだ。

出発してからずっと、カブリーヨはなにげなく車の往来を眺めていた。オレゴン号が追跡をつづけていて、救出を図ろうとしているなら、ハイウェイを走っているときが、絶好の機会になる。とにかく、カブリーヨはそう願っていた。

一分後に、見慣れたロゴが描かれたトラックが、対向車線を走ってきた。一瞬見ただけで、車体の〝ベルテガス〟という偽《にせ》の社名を、カブリーヨは見て取った。

PIGだ。

「大佐、洗面所へ行かなければならなくなったら、どうすればいい?」カブリーヨはきいた。

「我慢しろ。刑務所まで五〇キロくらいだ」

「我慢できなくなったら？」サンチェスがふりかえり、怒声を発した。「わたしのSUVを汚したら、おまえが想像していた以上に、刑務所での暮らしは最初から悲惨なものになる」

「快適なはずはないと思っているが、きのうの監房のコンクリートの床は、あんがい快適だった」

サンチェスが、傭兵に向かっていった。「こいつが尿意を我慢できなくなったら、わたしの許可を得てから膝頭《ひざがしら》を撃っていいぞ」

傭兵がにやりと笑った。「シ、大佐」

「いいんだ」カブリーヨはいった。「我慢する」

なにが起きるか、カブリーヨにはわかっていた。そのときには、できるだけ手伝いたい。そこで、便所に行きたくてたまらないというように、居心地悪そうにもじもじと体を動かした。じつは右脚をまわして、合わない義肢《ぎし》をゆるめていた。しばらくすると、はずれて、つなぎの裾《すそ》にくるまれているだけになった。

これで襲いかかる準備ができた。

34

反対方向へ進んでいる車両縦隊とすれちがったあとで、レイヴンは一・五キロメートル先の小さな町でPIGを方向転換させ、縦隊に追いついて、追い抜こうとするような感じで、うしろの装甲人員輸送車に接近した。中央分離帯のある四車線のハイウェイの両側は、肥沃な農地と牧草地のほかになにもなく、午前中の車の往来はまばらだった。

先ほどすれちがったときに、車両縦隊の恐るべき火力を、レイヴンは見極めていた。フォードのSUVは標準型のようだったが、四輪のMOWAGグレナディア二両は本格的な戦闘車両だった。鋼鉄製の角張った車体は、ハイウェイを疾走するよりも、焼け落ちたシリアの町をパトロールするほうが似合っている。

「装甲車を二両とも排除できる？」レイヴンは、エディーにきいた。

「あいだのSUVに会長が乗っているから、その手は使えない」エディーはいった。

「危険が大きい。うしろの装甲車を排除してから、先頭の装甲車を狙《ねら》い撃てるように、SUVを道路から追い落とすしかない」

「それならできる」

「そっちの準備はいいか?」エディーが、肩越しにきいた。

「武装し、物騒な人間になってるよ」貨物室のドアのそばに立っていたリンクがいった。「停止したらすぐに会長をSUVから連れ出す」

「よし」エディーは、兵装制御盤を見おろした。「さあ、やるぞ」

エディーがボタンを押すと、ロケット弾一発が、車体側面の兵装架から飛び出した。路面すれすれを飛んだロケット弾が、車両縦隊最後尾の装甲車の左後輪を吹っ飛ばした。レイヴンは右にハンドルを切って、装甲車をよけた。左に傾いた装甲車が、芝生の中央分離帯に突っ込み、ひっくりかえって、泥と金属片が宙に舞いあがった。

先頭の装甲人員輸送車の操縦手とSUVの運転手が、アクセルをめいっぱい踏んだ。

「あの装甲車の機銃がわれわれに狙いをつける前に、もっと接近しろ」エディーが指示した。

「さっきわたしがいったことを忘れたの?」レイヴンが、PIGのニトロ加速システムのスイッチを入れながらいった。「わたしは飛ばし屋なのよ」

　ＰＩＧが爆走を開始した。

「行け《バモス》！　行け《バモス》！」装甲人員輸送車がうしろでロケット弾を食らい、転覆するのを見て、サンチェスはＳＵＶの運転手にどなった。

　カブリーヨを見張っていた傭兵が、うしろを向いて、装甲車が中央分離帯に激突し、ＰＩＧが追撃してくるのを見たために、注意がそれた。カブリーヨが待っていた好機が訪れた。

　カブリーヨは、シートに体を持ちあげて、手首を尻の下にくぐらせた。両脚がある人間だと、曲芸師でなければ、手錠をはめられた手首を左右の足までおろさなければならなかったはずだ。だが、カブリーヨは右膝の下の切断部までおろせばいいだけだった。つづいて、左足を通し、両手首が体の前にまわった。

　すべての動きが二秒以下でなされ、見張りの傭兵がふりかえったときには、カブリーヨは肘《ひじ》打ちでその男の頭を防弾ガラスに叩きつけていた。

　傭兵が意識を失い、倒れ込んだ。

　カブリーヨの両手は手錠で短くつながれていたので、傭兵のＭＰ５で撃つのは無理だった。そこで、カブリーヨは身を乗り出し、運転手の首を上から絞《し》めつけた。

運転手が抵抗し、SUVが直進できなくなった。サンチェスが拳銃《けんじゅう》を抜き、撃とうとしたので、カブリーヨは運転手の首から手を離して、サンチェスの拳銃を握っている手をつかんだ。運転手がSUVの制御を取り戻すあいだ、ふたりは揉《も》み合ったが、サンチェスのほうが力を入れやすい有利な体勢だった。

引き金が引かれる直前に、カブリーヨはサンチェスの手をねじった。

弾丸が運転手の頭を貫通した。防弾ガラスに血が飛び散り、運転手がハンドルの上に突っ伏した。

サンチェスはハンドルを握ろうとしたが、間に合わないとカブリーヨは察した。リアシートに戻り、シートベルトを上半身にかけた。バックルのカチリという音が聞こえたとき、加速していたSUVが路肩を斜めに突破し、道路脇の排水溝に落ちた。

重心の高いSUVは横倒しになり、エアバッグがすべて膨らんだ。

SUVが道路をはずれて横転するのを、レイヴンは恐怖にかられて見ていた。激しく二度、裏返しになってから、SUVはタイヤを下にしてとまった。レイヴンは、潰《つぶ》れた車体のそばにPIGをとめ、リンクとエディーが跳び出した。

先頭の装甲人員輸送車がブレーキをかけて、Uターンし、中央分離帯を越え、反対車線をひきかえしてきた。レイヴンはロケット弾で狙い撃とうとしたが、ハイウェイの手前の車線にとまったバンの蔭《かげ》になっていた。バンの車体には〝イグレシア・サンタ・マリア〟と記されていた。聖マリア教会。

教会を訪れるひとびとを殺傷する危険を冒さずに装甲車を撃つのは、不可能だった。しかも、数人がおりてきて、SUVの残骸《ざんがい》を見ながら、携帯電話を使っていた。

装甲車の戦闘員は、見物人にはまったく斟酌《しんしゃく》しなかった。銃塔の五〇口径機銃が射撃を開始し、礼拝者たちは地面に伏せた。PIGは重火器の連射に耐えるようには造られていないし、巨大な機銃弾がキャブを貫通しはじめた。

船を棄てる潮時《しおどき》だと、レイヴンは悟り、あいたままの助手席ドアから急いでおりた。

カブリーヨは、頭をふって、五感を回復させようとした。最初に目に留まったのは、正面のサンチェスの顔だった。血走ったうつろな目が、こちらを睨《にら》みつけていた。折れたワイパーが、首から突き出していた。サンチェスは、シートベルトを締めていなかったにちがいない。

つぎにカブリーヨの注意を惹《ひ》いたのは、サイドウィンドウを叩く音だった。リンクがガラスを叩きながら、覗《のぞ》き込んでいた。だいじょうぶだと、カブリーヨは手真似で伝えたが、顔からすこし血が流れ落ちていた。

ドアがあかなかったので、運転席側にまわれと、カブリーヨはリンクに合図した。カブリーヨのとなりの見張りは、フロアに転がっていたので、手をのばしてロックを解除することができた。

エディーがドアをあけ、カブリーヨはシートベルトをはずした。

「だいじょうぶですか、会長？」

ふたりの話は、機関銃の射撃の腹に響く打音にさえぎられた。カブリーヨがSUVから出たとき、機銃弾がPIGを切り裂いた。

エディーとリンクが、カブリーヨに手を貸して、PIGのうしろの排水溝に身を隠した。レイヴンがほどなくやってきた。

エディーが合鍵《あいかぎ》を出して、カブリーヨの手錠をはずした。それから、ガーゼを出し、カブリーヨの額《ひたい》に当てた。

「SUVが激突したときに、切ったみたいですね」エディーがいった。

「このまま刑務所へ行くよりはずっといい」カブリーヨはいった。「刑務所での暮しは、あまり楽しくないらしい」

「これがいるでしょう」リンクが、予備の戦闘用義肢を、カブリーヨに渡した。

「わたしは、きみたちへのプレゼントを用意していない」カブリーヨは、すばやく義肢を固定しながらいった。「さて、どうやってここから脱出するんだ？　われわれの乗り物は装甲車にぶち壊されそうだぞ」

「マックスは、これがＰＩＧの片道任務になるだろうと想定していました」レイヴンがいい、遠隔操縦装置をポケットから出した。

エディーがうなずいた。「かなり穴があいているし、これに乗って港に戻ったら、不都合な質問を浴びることになる」

「それに、いまごろわたしには賞金が懸けられているだろう」カブリーヨはつけくわえた。

「それじゃ……レイヴン、邪魔がはいらずに会合《ランデヴー》できるように、やつらを誘導してくれ」

レイヴンがうなずき、ＰＩＧが濃い煙幕を張りはじめた。巨大な煙がＰＩＧと四人を包むと、レイヴンはＰＩＧのエンジンの回転をあげた。ＰＩＧが、ハイウェイをラスアルマスの方角へ突っ走っていった。

まもなく装甲車がまた中央分離帯を乗り越え、逃走するＰＩＧめがけて射撃しながら、追跡した。

「何キロか離れるまで待ちましょう」エディーがいった。

なにを待つのか、きくまでもなくカブリーヨにはわかっていた。やがて、ヘリコプターのローターブレードの脈打つような響きが聞こえた。

オレゴン号のMD520Nヘリコプターが到着したときには、煙幕は完全に消えていた。MD520N〝ノーター〟には尾部《テイル》ローターがなく、圧縮空気の噴出でローターの回転トルクを打ち消す。ミラーレッドのサングラスをかけて、ヒューストン・アストロズの野球帽をかぶったゴメスが、ハイウェイ沿いの野原になめらかにヘリコプターを着陸させ、意気揚々と手をふった。

通りかかった車に乗っている人間が、興味をおぼえて動画を撮った場合のために、エディーが全員に黒い目出し帽を配った。全員が目出し帽をかぶってから、ヘリコプターへ走っていって、乗り込んだ。

カブリーヨは、ゴメスのとなりに席を占めた。目出し帽からはみ出している血がついたガーゼを、ゴメスが指差した。

カブリーヨがヘッドセットをかけると、ゴメスがきいた。「だいじょうぶですか?」

「ぴんぴんしている」カブリーヨは答えた。「迎えにきてくれてありがとう」

ゴメスが、映画スターもどきの輝くような笑みを浮かべた。「お安いご用ですよ、会長。戻ってきてくれてうれしいです。オレゴン号は二〇海里沖で待っています。どういうわけか、マックスはマルデルプラタ港のまんなかで、わたしが船艙から離船するのを嫌がったんです」

ドアが閉まると、ゴメスがコレクティブピッチ・レバーを引いて、ヘリコプターが空に浮かびあがった。ハイウェイを東へ横断し、上昇してオレゴン号の方角へ飛ぶときに、カブリーヨは南に目を向けた。PIGがハイウェイを疾走し、装甲人員輸送車が猛追しているのが見えた。

「いつでもやっていいぞ」エディーが、インターコムでレイヴンにいった。

レイヴンは、三〇〇ヤード以内に車が一台もいなくなるまで待った。

「自爆を作動する」レイヴンはいった。「よく働いたわね、PIG」

PIGの車内の迫撃砲弾が起爆した。後部のドラム缶の燃料が引火し、ハイウェイ全体が火の玉に包まれた。爆発を避けるために、装甲人員輸送車が急ハンドルを切って、ハイウェイから跳び出した。

すさまじい爆発によって、PIGはほとんど跡形もなくなった。オレゴン号と結びつけるようなものは、残らないはずだった。しかしながら、カブリーヨを自由の身にするのに、大きな代償を払ったわけだった。カブリーヨは、ザカリア・テイトのせいでこうむった損失が膨大であることを思わずにはいられなかった。防戦ばかりだったことに、カブリーヨはむかついていた。

反撃する潮時だ。

35

大西洋

オレゴン号の船室に戻ったカブリーヨは、長いあいだシャワーの湯を浴びた。不潔な監房で一夜を過ごしたあとだけに、長々とシャワーを浴びることが、いっそう貴重な贅沢《ぜいたく》に思えた。寝室で義肢を付けて服を着たとき、外側のドアをノックする音が聞こえた。シェフに特別に用意させた遅めのランチを、モーリスが運んできたにちがいない。

「はいってくれ！」カブリーヨは大声でいった。

ドアがあく音は聞こえなかったが、オフィス兼リビングのテーブルに皿やグラスが置かれる小さな音が、まもなく耳に届いた。

服を着て出ていくと、完璧《かんぺき》なふたり分のテーブルセッティングを、モーリスが終えているところだった。

「オレゴン号にお戻りになって、たいへんうれしく存じます、艦長」モーリスがいった。「ご快癒《かいゆ》なさると信じております」

カブリーヨは、ジュリアに四針縫ってもらったこめかみに触れた。

「頭をちょっとぶつけただけだ」カブリーヨはいった。「食事をありがとう。昨夜の留置場は、ミシュラン級ではなかった」

「さようでございましょう。シェフがフィレミニヨン・ベアルネーズソース、ガーリック・スキャラップトポテト、芽キャベツのブラッドオレンジ・バルサミコ酢煮を用意いたしました。まことに僭越《せんえつ》ながら、それに合わせてボルドーの銘酒シャトー・モントローズをお持ちしました」芳醇《ほうじゅん》な赤ワインを、モーリスはデキャンタから大きなクリスタルのグラスに注いだ。

美味《おい》しそうな料理から、いいにおいが漂ってきて、カブリーヨはよだれがではじめた。「きみの決めたことは、盲目的に信頼しているよ、モーリス」

「わたくしもおなじでございます、艦長」

その言葉は、物事に動じない司厨長《しちゆうちよう》のモーリスから聞ける最大の賛辞だった。

またドアにノックがあり、カブリーヨがあけると、ラングトン・オーヴァーホルトが廊下で待っていた。

「ラング、オレゴン号にようこそ」カプリーヨは高齢の師と握手を交わした。「どうぞなかにはいって、初乗船記念の食事をいっしょにいただきましょう。もちろん、おいでいただいた経緯は、あまり好もしくはなかったのですが」

「ありがとう」オーヴァーホルトは、はいりながらいった。「美味しそうなにおいだ」モーリスが持っているワインを見た。「シャトー・モントローズ。すばらしい選択だ。二〇〇七年かな？」

「二〇〇六年でございます、オーヴァーホルトさま」モーリスが答えた。

「ふたりとも、会ったことがあるような口ぶりだね」カプリーヨはいった。

「いや、はじめてだよ」オーヴァーホルトが答えた。

「モーリスがあなたの名前を知っていても、不思議はない」カプリーヨはいった。「七つの海で最高の司厨長であるだけではなく、オレゴン号でもっとも情報に通じているからね」

モーリスとオーヴァーホルトが握手を交わしたとき、モーリスが不思議そうな表情を浮かべた。

「失礼ですが、お目にかかったことがありませんか？」

オーヴァーホルトも、おなじように見おぼえがあるという表情になった。「なんとなく、会ったような気がしているんだ。なぜか、英海軍のビール提督の顔が頭に浮かんだ」

モーリスがうなずいた。「ビール提督が英海軍空母〈インヴィンシブル〉の艦長をつとめておられたときに、提督に仕えておりました」

「ああ、いま思い出した」オーヴァーホルトはいった。カブリーヨのほうを向いた。「遠い昔の話だよ。わたしがCIA現場工作員だったころだ。わたしたちは、国外脱走したKGB将校をその空母に連れていき、アメリカに連れ戻せるようになるまで、英海軍が鷹揚《おうよう》にかくまってくれた。その任務の時期、わたしもモーリスもそれぞれの職務を開始したばかりだった」オーヴァーホルトは、モーリスのほうを向いた。「あとで一杯やりながら、思い出にふけろう。昔を憶えている同世代の人間は、もうそんなに多くは残っていないからね」

「光栄に存じます」モーリスは、カブリーヨに向かっていった。「艦長、皿をおさげするときには、どうぞお呼びください」

「ありがとう、モーリス」

うやうやしい態度のモーリスが、銀のトレイを持ち、はいってきたときとおなじように音もなく出ていった。

　カブリーヨとオーヴァーホルトは、席について、過去二日間の出来事をそれぞれ順序立てて話しながら、美味を堪能《たんのう》した。

　あらかた再現を終えると、カブリーヨは、傷を縫ってもらいながらジュリアに聞いた音響兵器についての推論を持ち出した。

「この音響装置に攻撃されると、オレゴン号の鋼鉄の船体が、ある種の周波数に共鳴するのだと、ジュリアは考えているんです。そして、その信号が船内にひろがり、乗組員全員に影響を及ぼすのだと」

「リンダ・ロスがそれを受け付けなかったことからして、彼女の推論は正しいだろう」オーヴァーホルトはいった。

「問題は、そういう兵器とどうやって戦うかです。全員を耳が聞こえないようにすることなど、できませんからね」

「イヤマフか耳栓《みみせん》は？」

「試してもいいですが、効果はないだろうと、ジュリアはいっています。倍音がひとの耳には聞こえない超低周波音かもしれないし、だとすると聴覚保護では遮断《しゃだん》できません。われわれのモラーマイクとおなじように、伝導で共鳴するのかもしれません」

「アメリカ軍もその手のものを実験してきたが、きみの乗組員が経験したような結果を出すには至っていない」

カブリーヨは、いらだって首をふった。「幻覚から逃れるために、海に跳び込むか、船を破壊したくなったと、乗組員がいっています。リンダが影響を受けなかったのは、幸運でした。二度と運に頼りたくはないが、効果的な対抗手段がないと、ポートランド号と戦うときに、テイトにやられっぱなしになるでしょうね。音響兵器を無力化する方法が、なにかしらあるはずです」

オーヴァーホルトが椅子《いす》に背中をあずけ、遠くを見る目つきになった。

「わたしがポートランド号にいるときに、テイトはうっかり口を滑らせた。〈カンザス・シティ〉を撃沈したのは、乗組員のだれかが重大なことを知っていて、それを危険視したからだという印象をおぼえた。その言葉をはっきり憶えているのは、重要な情報だと思えたからだ。〝あのＳＥＡＬは、従兄弟の死に興味を持ちすぎた〟とテイトはいった」

「つまり、その情報を葬り去るために原潜を撃沈しなければならないほど、テイトが怖れていたひとりのＳＥＡＬが、〈ＫＣ〉に乗っていたんですね？」

「そういうことらしい。〈ＫＣ〉の乗組員はまだ生きているだろうか？」

カブリーヨは、すこし考えてから答えた。「十日以上たっていますが、生存している可能性はあります。船体が圧壊していなければ、それぐらい生き延びられるだけの空気が船内にあります。バッテリーの電源と非常用の化学酸素発生器だけで、二週間生存できることが、ロサンゼルス級原潜の着底試験で実証されています」

「しかし、どこに沈没しているのだろう？」オーヴァーホルトは問いかけた。「海軍はまだ見つけていないようだ。あのSEPIRBを使って、テイトが嘘《うそ》の位置へ誘導していたとすると、捜索範囲は〈KC〉が沈没した場所から何百海里も離れている可能性がある」

カブリーヨは、パチンと指を鳴らした。「それについても、テイトはわたしの前でうっかり口を滑らせましたよ。アルゴドアウ島の沖のどこかにある、というような意味のことをしゃべったんです」

カブリーヨは、タブレットコンピューターをタップして、壁の高解像度スクリーンにブラジルの地図を表示した。アマゾン川河口近くの、小さな島を指差した。

「ここです。〈カンザス・シティ〉は、この沖合のどこかに沈んでいるにちがいない」

「それにしても海は広いぞ」オーヴァーホルトがいった。

「〈KC〉が沈没したときに、どのくらい陸地から離れていたかにもよりますが、三〇〇〇平方海里になります。捜索には何週間もかかる。それに、深度六〇〇メートルよりも深いところへ沈んでいたら、船体がまちがいなく圧壊します」

「いや」オーヴァーホルトはいった。「テイトは、きみたちに教えた深度は合っているといっていた。オレゴン号が沈没地点から二〇〇〇海里以上も離れているといったのは、そのときのオレゴン号との距離のことだったにちがいない」

「つまり、〈KC〉はその時点のオレゴン号の位置から約二〇〇〇海里の範囲で、水面の七六メートル下に横たわっているわけですね？」

オーヴァーホルトはうなずいた。「それは重要な情報なのだろうね？」

カブリーヨは答えず、スクリーンに大西洋の水深図を呼び出し、ブラジル沿岸を拡大した。立ちあがり、よく見るためにスクリーンに近づいた。

「ここは大陸棚の縁です」海岸線とほぼおなじ曲線がつづいているところを、カブリーヨはなぞった。「平均水深が約三〇メートルから深くなって、この縁に達します。その先は急に落ち込み、深海平原になっています。水深七六メートルの水域は、ブラジル沿岸のこの大陸棚の縁だけです」

「〈カンザス・シティ〉が、その縁に着底していると思っているんだな？」

「テイトはそうほのめかしています。海軍がこの線に沿って捜索すれば、一日で〈K

C〉を発見できるはずです」

「海軍に連絡して、捜索範囲を変更する必要があると伝えなければならない」

「信じてもらえると思いますか？」

「難しいだろう」オーヴァーホルトはいった。「政府関係者にはだいぶ嫌われているからな」

「わたしを救うために」カブリーヨはわびしげにいった。

「やらなければならないことだったんだよ、きみ」

「ありがとうございます」

「海軍のほうは、わたしができるだけのことをやる」

カブリーヨは地図を見て、頭のなかで計算した。「海軍に信じてもらえなかった場合、その水深なら、われわれには〈KC〉まで潜《もぐ》る能力があります」電話を取り、作戦指令室《オプ・センター》を呼び出した。「ハリ、エリックに、ブラジルのアルゴドアウ島に針路をとり、最大速力を出すようにいってくれ」

「ブラジル、アルゴドアウ島」ハリが復唱した。「アイ、会長」

カブリーヨは電話を切り、オーヴァーホルトの顔を見た。「二日ほどで、そこに到着します」

〈カンザス・シティ〉の乗組員が生き残っていることを、願うしかなかった。それにくわえて、ザカリア・テイトが必死でそれを沈めようとした理由も突き止められることを願っていた。

36

モンテビデオ

ポートランド号の防音室は、オレゴン号にはない特徴のひとつだった。乗組員に危害が及ばないように、音響眩惑《げんわく》装置の効果をテストできる。オレゴン号攻撃に失敗してから三十六時間が経過し、テイトは今回、人間をふたり入れて、装置を作動していた。このテストは懲罰《ちょうばつ》のためで、ふたりとも拘束衣《こうそくい》を着せられていた。

椅子に縛りつけられているふたりが、拘束衣から脱け出そうともがくのを、テイトは観察室からじっと見ていた。複数のカメラが、部屋のパノラマ画像と、アブデル・ファルークとリー・クォンの顔の大写しを観察室に送っていた。ふたりとも、眩惑装置が意識のなかで創り出すおぞましい映像のために、すさまじい恐怖を味わっていた。

テイトは、オペレーターに向かっていった。「精神崩壊で倒れるまで、どれくらいかかる?」

「なんともいえません」オペレーターが答えた。「あと十分ぐらいでしょうか。もう二十分、入れられていますから」

幻想と戦うことができないのは、耐えがたい苦しみにちがいない。まもなく精神が崩壊してしまう可能性があった。

「とめろ」テイトは命じた。

オペレーターが〝停止〟ボタンを押し、眩惑装置が切られた。汗だくになっていたファルークとリーは、苛酷《かこく》な責め苦に疲れ果て、椅子にがっくりともたれた。

テイトは、インターコムのスイッチを入れた。「じゅうぶんな戒《いまし》めになったのなら、いいんだがね。ポートランド号の乗組員には、失敗は許されない。おまえたちはオレゴン号攻撃を担当していたのに、逃がしてしまった。今後、二度と作戦をしくじらないものと思っているぞ」

ふたりとも、激しくうなずいた。

「それでいい。おまえたちふたりは、チームにとって貴重だが、期待を裏切ったときには、あいにくだが罰を受けなければならない」テイトは、オペレーターに目を向けた。「なかへ行って、解放してやれ」

オペレーターが、観察室を出て防音室にはいり、ふたりのいましめを解いた。テイトはカメラの画像を消した。

殺すこともできた――というよりも、殺したかった――が、ふたたび見つけるのが難しい技倆《ぎりょう》を、ファルークとリーは備えていた。それに、乗組員の数を減らすのは、得策ではない。ファルークとリーは思い知っただろうし、乗組員への見せしめにもなった。勤勉に働かなければならないことを強調するために、懲罰の動画は、船内のいたるところで流されていた。

観察室を出ると、キャスリーン・バラードが待っていた。ふたりで使っている船室に歩いていくとき、バラードが不安げな顔をしていた。

「ショーが気に入らなかったのか？」

バラードは首をふった。「いいえ、気に入ったわ。すごい効果があるのね」

「では、どうした？」

「アルゼンチン軍の伝手《つて》が報せてきたのよ。カブリーヨが逃げたと」

テイトは、はたと立ちどまった。「なんだって？」

「カブリーヨを護送していた車両縦隊が襲われたのよ」

「それがいまごろわかったのか？」

「ニュースにはなったけど、テロ事件の扱いだった。襲撃してきた車も含めて、三台が破壊された。最初は、敵の車両が爆発したときに、カブリーヨも死んだと思われていたけど、だれも乗っていなかったことが、あとでわかった。捜査員は死体を発見できなかった」

「サンチェスに、そういうことに備えろといっておいたのに」テイトは、憤激《ふんげき》しながら歩きはじめた。「サンチェスを殺してやる」

「手遅れよ」バラードがいった。「サンチェスは、自分のSUVでワイパーが首に刺さって死んでいるのを発見された」

「失敗した罰だ。カブリーヨがその車に乗っていなかったとすると、どうやって逃げたんだ？」

「ヘリコプターが離陸するのを見たと、何人かがいっている。ドクターヘリだと思ったそうよ」

テイトは、船室に跳び込み、ソファに座り込んで考えた。バラードがつづいてはいってきて、ドアを閉めた。

「これからどうするの？」バラードがきいた。「オレゴン号の現在位置をまだ突き止めていないし」

「やつらがカブリーヨを救出しているとわかっていれば、二日前に邀撃できたのだ」テイトが、クッションを拳《こぶし》で叩きながらいった。「脳みそがゼリーになるまで、ファルークとリーを防音室に閉じ込めておけばよかった」

バラードが、なにかをいいそうになったが、口ごもった。

「なんだ?」テイトが、語気荒くきいた。

「あなたはカブリーヨにアルゴドアウ島のことをいったでしょう。〈カンザス・シティ〉を捜索するだいたいの範囲を、カブリーヨは悟ったんじゃないかしら」

どういうことかを察して、テイトが上半身を起こした。「やつが〈カンザス・シティ〉を捜しにいくと思っているんだな?」

「その可能性がある。もしヒメネスがまだ生きていて、発見されたら……」それがなにを意味するかは考えたくないとでもいうように、言葉がとぎれた。

「沈没した潜水艦のなかで生き延びられるわけがない」

「そのリスクをとるつもり?」

「カブリーヨがほんとうにそこへ行くとしたら、すでに二日先行している。現場に行く前に追いつくのは無理だ」

「行く必要はないかもしれない。彼らがそこへ行く前に、潜水艦の沈没位置をばらしたら？」

「乗組員が生きているとしたら、アメリカ海軍が救出するだろう」

「でも、そうなったら、カブリーヨは潜水艦の乗組員に手を出せなくなる。乗組員が火星にいるのとおなじことになる」

テイトはうなずき、笑みを浮かべた。「なるほど。だから、わたしはきみと恋に落ちたんだ。きみがつねに先を見越しているから」

「海軍に連絡する？」

「いや、もっといい計画がある。きみとわたしが、飛行機で近くへ行って、電波を発信しているSEPIRBを、〈KC〉が沈没した場所にヘリコプターから投下する。そうすれば、各国の軍艦が集まってくるだろう。オレゴン号は近づけなくなる」

「わたしたちが行くのね？」バラードはきいた。

「ファルークとリーだけ行かせたいところだが、あのふたりは、指図してやらないとまともな仕事ができない。それに、その地域でやる仕事がほかにもある。カブリーヨが〈ブレーメン〉を見つけるのを防ぐほうが、ずっと重要だ。〈ブレーメン〉がどこにあるかを、ヒメネスが知っているから、ほかのだれかが見つけるおそれもある。だが、きみとわたしが最初に見つけて、完全に消滅させる」

テイトたちは、ドイツのそのUボートの所在について、多少の手がかりを握っていたが、それをたまたま見つけたブラジル人──それがSEALの従兄弟だった──を殺して、その問題は解決したと考えていた。だがいまは、Uボートそのものを抹殺《まっさつ》しなければならなくなった。

バラードが、にやつきながらテイトの顔を見た。「眩惑装置の原型を消し去るためにいくのね？　楽しそう」

「それが済んだら、オレゴン号をゆっくり捜して、破壊すればいい」

オレゴン号を待ち伏せ攻撃する計画の原案が、テイトの頭のなかで形を成しはじめた。だが、今回は自分に圧倒的な勝ち目があるようにしたいと思っていた。ブラジル北部へ飛行機で向かう途中で、テイトは中国海軍の友人に電話をかけた。テイトが〈カンザス・シティ〉をものの見事に沈没させたのを目の当《ま》たりにしたその中国人は、音響眩惑装置の設計図を、喉《のど》から手が出るほど欲しがっていた。テイトは、代金の代わりに、オレゴン号を沈没させるのを手伝うよう求めた。

37

ブラジル、パラー州沿岸沖

カブリーヨが怖れていたとおり、アメリカ海軍は捜索範囲を変更してほしいというオーヴァーホルトの要請を黙殺したので、オレゴン号はブラジルの東端をまわって、大陸棚の縁に向けて高速で航行した。アルゼンチン沿岸を出発してから、わずか四十四時間後に、アマゾン川の三角州の手前に達した。アルゴドアウという小島の南東の一点から、ソナーを使い、〈カンザス・シティ〉の捜索を開始した。

水深七六メートルに狙いを定めて、オレゴン号の感知装置類が海中の岩棚を掃引《そういん》していった。はじめの四時間は、なにも見つけられなかったので、指揮官席に陣取っていたカブリーヨは、なにもかもテイトが仕組んだ巧妙な策略だったのかもしれないと思いはじめた。

アルゴドアウ島とおなじ緯度に達したとき、レーダー・ステーションにいたリンダが報告した。オプ・センターにいた全員が、だれの声かを聞き分けやすいようにペンダントマイクを付けていたので、グーグル・グラスの機能でも、リンダはそんなに不自由していないようだった。

「会長、真正面二〇海里に静止している船を捕らえました」

静止している？　カブリーヨは眉《まゆ》をひそめた。ポートランド号が待ち伏せ攻撃を仕掛けるために、そこにいるのか？

「テイトが先回りして到着するようなことがありうるかな？」カブリーヨとおなじ懸《け》念《ねん》を抱いたマックスが、機関ステーションからいった。

「五ノットに減速」カブリーヨは命じた。

「五ノット、アイ」エリックが、操舵《そうだ》ステーションから答えた。

「どういう種類の船だ？」カブリーヨは、リンダのほうを向いた。

「一般船舶自動識別システム《AIS》を発信していない。貨物船にしては小さすぎるし、トロール漁船にしては大きすぎる。軍艦かもしれない」

排水量三〇〇トン以上の船舶は、衝突を避けるためにＡＩＳ信号を発信することを義務付けられている。海軍艦艇もＡＩＳを装備しているが、敵艦に追跡されるのを避けるために、悪天候のときか、あるいは断続的にしか使用しないことが多い。

「呼びかけてくれ」カブリーヨは、ハリに指示した。

「北の身許不詳船」ヘッドセットのマイクに向けて、ハリはいった。「こちらは貨物船アナパカ号。応答願います」

「わたしが話せるように、スピーカーにつないでくれ」カブリーヨはいった。

ほどなくなまりのある声が応答した。「アナパカ号、こちらはブラジル海軍コルヴェット〈バロッソ〉、支援は必要ない」

「この水域で不審な信号を捉《とら》えた」そんな事実はなかったが、カブリーヨはそういった。「そちらの現在位置に集中しているようだ。だから、貴艦が停止しているのを見て、心配になった」

「支援は必要ない」声の主がくりかえした。「接近するな。二海里以上離れていろ」

「了解した、〈バロッソ〉。通信終わり」

「通信が切れました」ハリがいった。

「そうか」マックスがいった。「やつら、〈カンザス・シティ〉を発見したんだ」

「マーフィー」カブリーヨはいった。「〈バロッソ〉に救難能力があると思うか？」

海外の海軍艦艇の装備にきわめて詳しいマーフィーが、首をふった。「そのための装備を搭載してきたのでないかぎり、その能力はありません。イニャウマ級コルヴェットは、対潜水艦戦向けに設計されてます」

「アメリカ海軍が深海潜水救難艇《DSRV》を積んで到着するまで、どれくらいかかる？」

深海潜水救難艇は、海中で動けなくなった原潜に自力航走で接続し、乗組員を安全に移送するための小型潜水艇だ。

「海軍がすでにこっちに輸送して、べつの潜水艦に取り付けていれば、いまどこにいるかによってちがうが、十二時間ないし十八時間だろう。ＤＳＲＶがまだアメリカにあるようなら、その倍かかる」

動けなくなった潜水艦にとっては、一分でも貴重だ。乗組員がまだ生きていた場合、十二時間遅れれば、それが大きく変わるおそれがある。

「潜航して、調べにいったらどうだろう？」カブリーヨは、マックスにきいた。「〈ノーマド〉のエアロックは、減圧室に使える。生存者がいたら何人か助け出せる」

マックスは、肩をすくめた。「やってみる甲斐《かい》はある。しかし、コルヴェットが沈没したアメリカの潜水艦を護っているとすると、あまりいい顔はしないだろう」

「ゆっくり通過して、二海里離れたら、〈ノーマド〉を発進させる。あんたはオレゴン号をコルヴェットのレーダー覆域の外へ行かせてから、回頭し、船名を変える。途中でわれわれを拾う」

「それはだめだ」マックスがいった。「今回はいっしょに行く。オレゴン号の操船は、エリックがやれる」

エリックは、カブリーヨを除けばオレゴン号でもっとも操船が巧みだが、危険な状況になったときのために、マックスを残したいと、カブリーヨは考えたのだ。

カブリーヨが反論しかけると、マックスはなおもいった。「おれに叛乱《はんらん》を起こさせる気か？」

カブリーヨは笑った。選択の余地はなさそうだった。「わかった。〈ノーマド〉を操縦してくれ。ただ、乗客が乗れるように、少人数で行く。あんた、わたし、マクドの三人だけだ」

「ヘリオックスのことがあるからか？」

カブリーヨはうなずいた。水深七六メートルなので、ウェットスーツとエアタンクではなく、ドライスーツとヘリオックスのタンクを使う必要がある。ただ、そのダイビングは訓練を受けたものでないと危険だった。ヘリオックス・ダイビングの資格を持っているのは、カブリーヨとマクドだけだった。

〈カンザス・シティ〉を発見したらすぐに発進させられるように準備してあったので、

チェックリストを終えて水に浮かべるまで、二十分しかかからなかった。オレゴン号はそのあいだに、二〇海里離れた現在位置から〈バロッソ〉に命じられた二海里の限界線まで行くこともできるが、貨物船がそれほど高速で航行すれば、ブラジルのコルヴェットの艦長に怪しまれることはまちがいない。

「ストーニー」カブリーヨはエリックにいった。「〈バロッソ〉の二海里以内に、四十五分後に着くように、速力を調整してくれ。操船を任せる」

「アイ、会長」エリックが答えた。

「ハリ、マクドを呼んで、ムーンプールで落ち合おうといってくれ」

「アイ、会長」

マックスとともにオプ・センターを出ながら、カブリーヨはいった。「相手が対潜コルヴェットだというのを忘れるな。身許不詳の潜水艇が〈カンザス・シティ〉のそばにいるのを探知したら、やつらは怒り狂うにちがいない」

「だいじょうぶだ」マックスはいった。「水温躍層（ソナーの音波で探知できないシャドーゾーンが生じる部分）のずっと下に潜って、〈ノーマド〉のモーターを静音モードにする。われわれが近づいても、コルヴェットに聞きつけられるおそれはない」

38

オレゴン号の下から発進した〈ノーマド〉は、潜航したまま三十分で、〈バロッソ〉が占位《せんい》している水面の下に達した。マックスは、大陸棚の急斜面に沿い、深度二五〇メートルから〈ノーマド〉をしだいに上昇させていった。

上昇しながら、〈ノーマド〉のライトが前方を照らし、カブリーヨ、マックス、マクドがポリカーボネートの艇首コクピットに集まって、ターゲットが見えないかと目を凝《こ》らした。マックスはシャツ姿だったが、カブリーヨとマクドはすでにドライスーツを着込んでいた。あとは、エアロックにはいる前にマスクを装着すればいいだけだ。

深度計が九〇メートルを示したときに、マクドがいった。「あそこだ。いやあ、かなりでかい」

〈カンザス・シティ〉の艦首が、岩棚から突き出していた。カブリーヨは、左舷の魚雷発射管扉を見分けた。

「上下がそのままで沈んでいるのはありがたいな」マックスがいった。「まだ損害箇所は見えない」

マックスは、〈ノーマド〉を艦首の正面に寄せ、〈ＫＣ〉のセイル（現代の潜水艦では司令塔の機能はなく、潜望鏡やシュノーケルやマストなどが渦を発生させて雑音を出すのを防ぐための整流用構造物）――昔の潜水艦では司令塔《コニング・タワー》と呼ばれていた――とおなじ高さまで上昇させた。さらに前進させると、〈ＫＣ〉が沈没した原因がすぐにわかった。

右舷の艦首近くに長さ一〇メートルの裂け目ができていた。船体にこすれた跡が残っていたことからして、崖《がけ》の縁に衝突したようだった。

「おれっちは、専門家じゃないけど」マクドがいった。「あんな穴があいてるんじゃ、生存者を見つけるのは難しいかも」

「せっかくここまで来たんだ」カブリーヨはいった。「やれるだけのことをやろう。こちら側では、爆発は起きていないようだ。先へ行ってみよう」

マックスが、〈ノーマド〉を艦尾に向けて操縦した。セイルをよけて通るとき、無傷だとわかった。そこを過ぎると、〈ノーマド〉とほぼおなじ大きさの円筒が、セイルの艦尾側の甲板に乗っているのが見えた。

「あの脂っこい火曜日《マルディグラ》の山車《フロート》みたいなやつは、なんですか？」マクドがきいた。

「ああ、そうか」カブリーヨはいった。「きみが海軍出身ではないことを、いつも忘れてしまう。あれはドライデッキ・シェルターだ」マクドはオレゴン号に何年か乗っていて、熟練のダイバーになったが、軍隊経験は陸軍レインジャー部隊に限られていた。

「円筒形の容器のなかに、三つの区画がある」マックスが説明した。「艦首側が減圧室、まんなかがアクセス室と呼ばれるエアロックで、前部脱出用ハッチと接続している。艦尾側はSEAL輸送潜水艇《SDV》の格納庫だ」

「なあるほど」マクドがいった。「おれたちがオレゴン号のムーンプールを使うように、隠密《おんみつ》潜入任務にあれを使うんですね」

「そのとおり」

「だから、そこの脱出用ハッチはまず使えないだろう」カブリーヨはいった。「それに、艦首があれだけ損壊しているから、艦尾のほうが生存者を見つけられる可能性が高い」

マックスが、なおも〈ノーマド〉を前進させ、船体に裂け目のない場所を見つけた。斜面の上のほうから崩落《ほうらく》した岩石が、後部脱出用ハッチがある個所に積もっていた。一トンほどの分量の岩石があった。

「だれも脱出していないわけがわかった」マックスがいった。

「意識がある人間がなかにいるかどうか、たしかめる必要がある」カブリーヨはいった。「接触送受信機を当ててくれ」

ロボットアームで船体を叩き、モールス符号で伝えることもできるが、大きな音をたてると〈バロッソ〉に聞きつけられ、〈ノーマド〉の存在を知られるおそれがある。そこで、壁に耳を当ててるような感じで、特殊な装置を原潜の船体に押し付け、艦内の乗組員と音声で話をすることにした。

マックスが、〈カンザス・シティ〉の船体に触れるように、送受信機をおろした。

「どうぞ」マックスがいった。

カブリーヨは、マイクに向かっていった。「傾聴しろ、米海軍艦〈カンザス・シティ〉の乗組員。だれかそこにいるか？」

〈ノーマド〉のスピーカーからは、空電雑音しか聞こえなかった。カブリーヨは呼びかけをくりかえした。

「向こうの声は、こっちに聞こえるのかな？」カブリーヨは、マックスにきいた。

「これを試すのははじめてだからな。こっちの声が艦内では聞こえないのかもしれない。船殻《せんかく》は防音の造りだからな」

カブリーヨは、ふたたびマイクを取った。「〈KC〉の乗組員、聞こえるようならハッチを叩いてくれ」

三人は待った。まだなにも聞こえない。カブリーヨはもう一度呼びかけた。すると、金属で金属を叩く音が聞こえた。海軍の経験がないマクドのために、カブリーヨは送られてくるモールス符号だった。

ろ文字を読みあげた。

「われわれは……そちらの声を……聞いている」

「われわれ？」マックスが、生存者がいるとわかって奮い立った。「何人いる？」

カブリーヨは、その質問を伝えた。

〝機械室に二十六人。あとの区画は浸水した〟

乗組員の通常の定員は百二十九人。海軍SEALが乗っているので、さらに多いはずだが、生存者は二十六人しかいない。テイトは、自分の犯罪を隠蔽《いんぺい》するために、米海軍の水兵を百人以上殺した。

「状況は？」カブリーヨはきいた。

〝イマージョンスーツを着ているが、脱出用ハッチがあかない〟

イマージョンスーツは、救命ドライスーツとも呼ばれ、潜水艦に保管されている緊急用サバイバル装備だった。沈没した潜水艦から脱出するときには、それを着てエスケープトランクにはいる。エスケープトランクの上部ハッチをあければ、浮力があり、短時間呼吸できる装置を備えているスーツが浮上し、救難が到着するまで救命筏《いかだ》の役割を果たす。しかし、そのハッチがあかないという問題がある。

「ハッチを一トンくらいの岩石が覆っている。空気はどれくらい残っている？」

〝二酸化炭素が増えている。酸素の残りは三時間分と推定される〟

「海軍がそれまでに到着するとは思えない」マックスが答えた。

「それなら、脱出できるように岩をどかさなければならない」カブリーヨはいった。

「賛成だが、ロボットアームを使って動きはじめたら、〈バロッソ〉に聞きつけられるぞ」マックスがいった。

「やりましょう」マクドがいった。「乗組員を助け出さないといけない」

カブリーヨはうなずいた。危険を冒して、やらなければならない。

「脱出できるように、ハッチの上の障害物をどかす」カブリーヨは、艦内で絶望的な状況に置かれている乗組員に告げた。

〝ありがとう〟

マックスが、送受信機を回収して、〈ノーマド〉をハッチに近づけた。マックスが細心の努力を払って〈ノーマド〉を移動させ、カブリーヨがロボットアームを操作した。岩をひとつずつ持ちあげて、遠くへ運んだ。骨の折れる作業だったが、手間を省くわけにはいかない。うっかりするとまた崩落を引き起こして、ハッチが岩石に覆われてしまうおそれがある。

十五分後に、マクドがいった。「聞こえますか?」

カブリーヨは、岩を持ちあげるのに神経を集中していたので、なにも聞いていなかった。

「どの音だ?」カブリーヨは、マクドに聞いた。

「叩く音が、かすかに聞こえたような気がします」

カブリーヨはマックスに、一瞬、動きをとめるよう命じた。乗組員がなにかを伝えようとしているのかもしれない。

やがて、カブリーヨにも聞こえた。金属を叩く音。だが、くだんのモールス符号よりも、ずっと鋭い音色だった。

叩く音がつづいた。

「やはりモールス符号だ」カブリーヨはいった。

〃SOS。ドライ《D》デッキ《D》・シェルター《S》にいる〃

モールス符号の意味を知ったマックスが、びっくりしてカブリーヨの顔を見た。

「なんていってるんですか?」マクドがきいた。「機械室で問題が起きたんですか?」

「機械室から聞こえているのではない」カブリーヨはいった。「だれかがドライデッキ・シェルターのなかで生きている」

39

船体を伝わってきたかすかな声を聞いたとき、マイケル・ブラッドリーは、ドライデッキ・シェルターの減圧室に何日も閉じ込められ、救出を熱望していたせいで、幻覚を起こしたのかと思った。そのとき、いくつか言葉を聞き取ることができ、孤独ではないと知ってほっとした。

状況……空気……残っている……ハッチ……脱出……。

救難チームがそばに来ていて、だれかと話をしているようだった。つまり、〈カンザス・シティ〉の艦尾側に生存者がいるのだ。

自分も生きていることを、知らせなければならない。そこで、ブラッドリーは、怪《け》我《が》をしていないほうの手にレンチを持って、隔壁を叩きはじめた。

十五分つづけると、疲れ果て、レンチを置かなければならなくなった。

十二日前に減圧室にはいったときには、空気がなくなるまで数時間しか生きられないだろうと思った。家族あての別れのメッセージまで書き、小さな手帳に沈没に至った経緯を記録した。

だが、やがて不思議なことが起きた。ライト、暖房、空気は切れなかった。〈KC〉はいまもDDSに電気を供給していたので、バッテリーの残量がなくなる前に海軍に発見されれば、生き延びられる見込みがあった。ブラッドリーは、折れた腕をまっすぐにしてダクトテープをしっかり巻いてから、減圧室の補給品を調べた。小さな工具箱、〈兵士の燃料〉エネルギーバーとボトルドウォーター数本、非常用パックが見つかった。節約したが、最後のバーは四日前に食べてしまい、水は六時間前に飲み干したので、もうおしまいかと思っていたときに、奇妙な声が聞こえたのだ。

一分間休んだあとで、ブラッドリーはまたレンチを持ち、隔壁を叩いて、おなじメッセージを送った。

〝SOS。DDSにいる〟

応答はなかった。声は消えていた。

だが、ブラッドリーはあきらめなかった。最期の息を吐くまであきらめない。水中爆破／SEAL基礎錬成訓練（BUD／S）で、それを叩き込まれた。BUD／Sでは、苦痛、疲労、飢え、渇きに耐え抜くことが、もっとも重視される。その難関を潜《くぐ》り抜けられない兵士は、真鍮《しんちゅう》の鐘を三度鳴らして、自主脱落《DOR》できる。落伍者《らくごしゃ》は、苦難や絶望にみずから立ち向かう意志が欠けていたのだ。

地獄の一週間《ヘル・ウィーク》と呼ばれるBUD／Sを切り抜けたブラッドリーは、いま鐘を鳴らすつもりは毛頭なかった。

筋肉が灼《や》けるように痛むまで、ブラッドリーはレンチで叩きつづけた。痛みをこらえるために、甲高く叫んだ。

そのとき、なにかが聞こえ、ブラッドリーは叩くのをやめて、レンチを床に落とした。まるでハッチをあけているような、機械的な音がしていた。

小さな窓からエアロックを覗いたが、暗くてなにも見えなかった。フラッシュライトを取り、艦内に通じているアクセス通路のハッチを照らしたが、動きはなかった。

そのとき、また音が聞こえ、SDV格納庫内で光が揺れ動いたので、ブラッドリーはびっくりした。格納庫のハッチのハンドルがまわった。

ハッチがあくと、黒いドライスーツを着て、黄色いダイビングヘルメットをかぶった男が、エアロックにはいってきた。男は大きなダイビングバッグを持っていた。ブラッドリーのフラッシュライトを見て、減圧室のハッチに近づいてきた。男の器材に背中のヘリオックスタンクが含まれていることに、ブラッドリーは気づいた。

男が、横にあるエアロックの制御装置を指差した。ブラッドリーは、ＯＫのハンドシグナルを示した。

数分後にエアロックが排水され、空気が注入された。ダイバーがヘルメットを脱ぎ、ハッチのハンドルをまわしてあけた。ブロンドの髪をクルーカットにして、目には知的な輝きがあった。

「やあ」男の声は甲高かったが、肺からヘリウムが出ると、低くなった。「わたしはファン・カブリーヨ。きみをここから連れ出す潮時だ」

「マイケル・ブラッドリーです」減圧室から出られることに、まだびっくりしていたブラッドリーがいった。「どの艦《ふね》から来たんですか？」

「それが、込み入った話でね。わたしは海軍の人間じゃないんだ」

「ちがうんですか？　それじゃ、どういう人間ですか？」

「ただの善意の人だよ。時間がない。きみの仲間の乗組員が脱出しはじめたら、上にいるブラジルの軍艦に目を付けられる」

「乗組員？　何人、生きているんですか？」

「二十六人」

ブラッドリーは、仲間が生きていたことによろこぶと同時に、生存者があまりにもすくないことに落胆した。

「たった二十六人か」ブラッドリーは、低い声でいった。

「いいたくはないが、あっちはだいぶ臭《くさ》くなっているぞ」減圧室を指差して、カブリーヨはいった。「ここから出られるように、ハッチを閉めてくれ」

苦行を強いられていた減圧室からブラッドリーが持ち出さなければならなかったものは、手帳だけだった。ブラッドリーがそれをポケットにいれてエアロックに戻るあいだに、カブリーヨがダイビングバッグをあけた。ドライスーツとヘルメットがはいっていた。

「どうしてここにいるのがおれひとりだとわかったんですか？」ブラッドリーはきいた。

「ひとりだとわかっていたわけではない。何往復かする必要があるかもしれないと思っていただけだ。ヘリオックスを使ったことは？」

「一度だけ」

「このスーツが合うといいんだが。ほかに方法はないからね。マクドとほぼおなじ体格だな」

ブラッドリーは、ドライスーツを着はじめた。「マクド？」

「数分前までこれを着ていた男だ。〈ノーマド〉に乗っていて、後部脱出用ハッチが使えるように作業している。それに、エアロックにはふたりしかはいれない」

なにもかも、ブラッドリーにはわけのわからないことばかりだったが、カブリーヨといっしょに行くしかなかった。

折れた腕をそっとドライスーツに通したとき、大きなガンという音が聞こえた。

「あなたの潜水艇からですか?」ヘルメットをカブリーヨが渡したときに、ブラッドリーはきいた。

カブリーヨは首をふった。「〈バロッソ〉からだ。早くここから出ないといけない」

水上のコルヴェット〈バロッソ〉が、反響測距《アクティヴ》ソナーを発信したのだ。

〈バロッソ〉艦長のトマス・ヴェガ大佐は、〈カンザス・シティ〉から金属のこすれる音が聞こえると水測長が告げたとき、事実ではないだろうと思った。だが、なにかが起きているとすれば、運に任せて放置するわけにはいかない。アメリカ海軍が到着するまでは、沈没した原潜に責任を負っているし、アメリカ側が救難を行なう前に潜水艦になにかが起きて、ブラジルが非難されるようなことは望ましくない。

「なにか映っているか?」ヴェガは、水測員にきいた。

「ソナー聴知、方位二七五です」

「類別しろ」

「小型潜水艇。身許不詳。〈カンザス・シティ〉から離れていきます」

ヴェガは、通信長のほうを向いた。「アメリカ海軍に無線連絡し、この水域で作戦行動している艦艇もしくは潜水艦があるかどうか、問い合わせてくれ」

一分後に、通信長がいった。「おりません。アメリカ側は、この付近にはなにもいないといっています」

「では敵味方不明潜水艇を敵性《ネガティヴ》と見なさなければならない」ヴェガはいった。「〈カンザス・シティ〉から遠ざかれ」砲雷長《ほうらいちょう》に目を向けた。「対潜魚雷発射準備」

40

カブリーヨは、〈バロッソ〉の艦長の立場になって考えようとした。〈カンザス・シティ〉の近くを徘徊《はいかい》している見知らぬ潜水艇を、脅威と見なす可能性が高い。つまり、〈ノーマド〉は危険にさらされているし、防御する手段がない。

先ほど、エアロックに行くためにSDVの脇の狭い空間を通ったときに、それがミニ魚雷二本を装備していることに、カブリーヨは目を留めていた。

ドライデッキ・シェルターのエアロックがほとんど注水されたところで、カブリーヨはブラッドリーにいった。「あのSDVは使えるのか？」水中でやりとりできるように、ヘルメットには音響変換機が内蔵されている。

「バッテリーはいまも充電されているはずです」肺にヘリオックスが充満しているせいで、チップマンクスのような甲高い声で、ブラッドリーがいった。

「操縦したことは？」

「砲雷長として、基地の演習で一度だけ。初の訓練任務で外洋に出る予定だったのに、母艦の〈カンザス・シティ〉が沈没したんです」

「では、これを代わりの任務だと考えてくれ。ブラジル海軍のコルヴェットが魚雷を発射したら、われわれの潜水艇は低速なので回避できない」

「あなたがたがここに来たのを、彼らは知らないんですか？」

「隠密救出作戦にせざるをえなかった。いまは説明しているひまはない」

「われわれになにができますか？」ブラッドリーはきいた。

「SDVのミニ魚雷の弾頭は実弾だろう？」

「ええ、でも友軍の艦艇に向けて発射することはできません」

「そんなことは考えていない。SDVを格納庫から出そう。わたしが操縦する」

カブリーヨは、格納庫との境のハッチをあけて、SDVを固定している架台の制御装置を見つけた。カブリーヨがはいったときには、格納庫扉はすでにあいていて、架台が艦尾寄りにめいっぱい移動していた。

SDVは、SEALチームが発見されずに海岸に接近する手段として使われる。ほとんどの潜水艇とおなじ葉巻型の船体で、大きなプロペラスクリューを、充電可能な酸化銀バッテリーを電源に使って駆動する。ただ、他の潜水艇と異なるのは、スクーバ器材をつけたSEAL隊員が乗降しやすいように、六人分の座席が開放式であることだった。電子機器はすべて密封されているが、制御装置類は海水にさらされている。

そのSDVは、小型水上艦や潜水艇を攻撃するための小型迅速攻撃兵器《CRAW》と呼ばれるミニ魚雷二本を装備していた。船体の左右の金具に一本ずつ固定されている。弾頭はわずか二〇キロなので、たとえカブリーヨがコルヴェットを狙い撃ったとしても、排水量二〇〇〇トンの船体にたいした損害をあたえることはできない。だが、〈バロッソ〉が発射する対潜魚雷への防御手段には使えるかもしれない。

カブリーヨとブラッドリーは、泳いで格納庫を出た。海中は暗く、後部脱出用ハッチは見えなかったが、〈KC〉の艦尾左舷から一〇〇ヤード離れたところに、〈ノーマド〉のライトが見えた。架台からSDVを切り離しながら、カブリーヨはマックスを呼び出した。

「ハッチはあくようになったか？」

「岩が小さかったので、ひとつずつどかすと二時間くらいかかりそうだったから、残りは一気に押しのけた。なかの乗組員に伝え、いまふたりがエスケープトランクにはいって、脱出するところだ。しかし、あらたな問題がある」

「ソナー探信だな？」カブリーヨはいった。「わたしも聞いた」

「ここにいたら無防備だ」マックスがいった。「そっちでだれか見つけたか？　ここを離れる準備はできたか？」

「乗組員をひとり連れている。ひとりだけだ」

「それじゃ、急いで迎えにいく」

「いや、崖の縁に隠れてくれ。われわれはSDVでそっちへ行く。これが必要になるかもしれない」

SDVを架台から完全に切り離すと、カブリーヨは操縦席に座り、ブラッドリーが横の助手席に乗った。カブリーヨは、ジョイスティックとトリム調整装置をざっと見た。ふつうの小型潜航艇とおなじ配置のようだった。電源を入れると、操縦席と助手席の計器盤の照明がついた。

「チェックリストをやっている時間はない」カブリーヨはいった。「準備はいいか？」

「アイ、サー」ブラッドリーが答えた。

カブリーヨは、後進を開始して、SDVをゆっくりとドライデッキ・シェルターから出した。すっかり離れると、甲板から上昇して、前進で〈ノーマド〉を目指した。〈バロッソ〉に発見されにくいように、崖の縁のもっと遠くまで付き添うと、カブリーヨがマックスに伝えようとしたとき、水音が聞こえた。

「魚雷が投下された！」ブラッドリーが、甲高い声でいった。自分たちが狙い撃たれているのでなければ、滑稽《こっけい》に聞こえたにちがいない。

「方位は？」カブリーヨはきいた。

「一七五」

　まうしろだ。カブリーヨは、ＳＤＶを一八〇度方向転換させ、接近する魚雷と正対させた。

「投下後、魚雷は降下しながら旋回している」ブラッドリーがいった。「距離一〇〇〇ヤード、急速接近中」

「ＣＲＡＷ1発射」カブリーヨは命じた。

「魚雷発射！」

　ミニ魚雷がＳＤＶの船体側面の金具から離れ、髪の毛のように細いワイヤを曳《ひ》きながら、かなりの速力で離れていった。

「二十秒後に弾着。雷速はいずれも五〇ノット以上なので、弾丸と弾丸がぶつかるみたいなものです」

　カブリーヨが、ブラッドリーの側のソナー画面を覗き込むと、ふたつの点がたがいに向けて進んでいるのがわかった。

カブリーヨは、頭のなかで残り十秒を数えた。点が重なったかに見えたとき、爆発の衝撃に備えた。だが、なにも起こらなかった。

ふたつの点がすれちがった。

「はずれた!」ブラッドリーが叫び、悔しそうに隔壁を叩いた。

「2を発射!」カブリーヨは命じた。

「2発射! 弾着まで十秒」

「自爆機能はあるか?」カブリーヨはきいた。

「あります」

「こんどははずすわけにはいかない。わたしの合図で、自爆させろ」

「わかりました」ブラッドリーが、赤いボタンに指を置いた。「準備よし」

カブリーヨは、近くで爆発させて、敵魚雷のソナーを過負荷にするか、誘導システムの機能を狂わせるつもりだった。

画面を見ながら、カブリーヨは頭のなかでふたたび数えた。三……二……。

「いまだ!」

ブラッドリーが、ボタンを押し込んだ。

ＣＲＡＷが爆発し、遠くに閃光《せんこう》が見えた。すぐにもっと大きな爆発がつづいた。

一秒後、ＳＤＶは激しい衝撃波に揺さぶられた。ＳＤＶが横に押し流され、カブリーヨは大揺れする船体から投げ出されないように、座席にしがみついた。

衝撃波が通り過ぎると、カブリーヨはブラッドリーのほうを向いた。「無事か？」

ブラッドリーが、ＯＫのハンドシグナルで答えた。

「ファン、応答しろ」通信システムから、マックスの心配そうな声が聞こえた。「いまも受信しているか？」

「〝ロリポップ・ギルド〟（映画『オズの魔法使』でドロシーを歌と踊りで歓迎するマンチキン国のグループ）、ピンピンしてま〜す」カブリーヨが、ヘリウムのせいで甲高くなっている声でいった。「これからエメラルドの都に戻ります」

〈ノーマド〉が突き出した大岩の下で懸吊《ホヴァリング》しているのが見えた。横付けするとすぐに、カブリーヨとブラッドリーはＳＤＶを乗り捨て、〈ノーマド〉のエアロックにはいって、減圧停止の手順を開始した。マックスが、水温躍層の下の安全な深度に〈ノーマド〉を降下させた。

〈カンザス・シティ〉の艦尾近くを通過したとき、後部エスケープトランクのハッチがあき、黄色いイマージョンスーツを着た乗組員ふたりが、泳いで出てきた。ひとりはそのまま水面に向けて浮上していき、もうひとりがハッチを閉めてから、おなじように浮上を開始した。

それと同時に、〈バロッソ〉が二度目の探信音を発した。ターゲットを破壊したことを、確認しようとしているのだ。

ヴェガ大佐は、水柱がおさまるのを双眼鏡で眺め、水測員が敵影なしと告げるのを待った。

双眼鏡をおろし、ヴェガは水測員のほうを向いた。「命中したか？」

「いいえ、艦長。魚雷は手前で爆発しました。二本目の防御用魚雷にやられました。〈カンザス・シティ〉の艦尾から、小型潜水艇が離れていくのを捉えています」

未詳の敵潜水艇が、まだ海中にいる。それがミニ魚雷を発射したのだ。

「魚雷2発射準備」ヴェガは命じた。

「アイ、艦長。魚雷2、発射準備完了」

発射命令を下す前に、だれかが叫ぶのが聞こえた。「海にひとがいます！」

ブリッジの張り出し甲板にいた士官だった。〈カンザス・シティ〉の沈没位置の真上を指差していた。

ヴェガが双眼鏡を向けると、黄色い装備を身につけたふたりが、水面に浮かんでいた。潜水艦乗組員が緊急用に使うイマージョンスーツだと、ヴェガはすぐさま見分けた。〈カンザス・シティ〉から脱出したのか？　謎の潜水艦は、じつは彼らを救出していたのか？

「魚雷発射準備中止！」ヴェガはどなった。「救命艇をおろせ」

救命艇が浮かんでいるふたりのそばへ行く前に、べつのふたりが水面に現われた。それからの二時間で、乗組員二十六人が奇跡的に浮上してきた。

謎の潜水艇も、やがて浮上した。だれも乗っていない。〈カンザス・シティ〉に搭載されていたSDVだとわかった。乗組員がドライデッキ・シェルターからSDVで脱出して、仲間の乗組員を救ったあと、窒素酔いのために意識が混濁し、艇外に出てしまったのだろうと、ヴェガは推理した。その乗組員を捜しているうちに、アメリカ海軍の艦艇が到着した。

ヴェガは広範囲の捜索と救難活動に専念していたせいで、二海里離れたところを通過した貨物船には、まったく注意を払わなかった。

41

カブリーヨは、〈ノーマド〉のエアロックで減圧停止の手順を終えると、ブラッドリー大尉に清潔なカバーオールを渡し、ボトルドウォーターと持ってきたサンドイッチを渡した。ブラッドリーは、サンドイッチをがつがつ食べ、水をがぶ飲みしたあとで、オレゴン号まで戻る長い航走のあいだ、うとうと眠った。

ムーンプールに浮上すると、ジュリア・ハックスリーが待っていて、ブラッドリーを医務室に連れていった。傷を手当てしたあと、ジュリアはブラッドリーを会議室に案内した。モーリスが給仕した特別料理を前に、カブリーヨとマックスが待っていた。

ブラッドリーは、腕にグラスファイバーのギプスを付けていた。

「あなたたちのおかげで、ほんとうに忙しいのよ」ブラッドリーを会議室に連れてきたジュリアがいった。「この一週間、傷を縫った患者を何人もあなたたちにお返ししてきたわ。毎日おなじことのくりかえしみたい」

「あたらしいお友だちの具合は？」カブリーヨはきいた。ブラッドリーは、用心しながら席についた。

「橈骨《とうこつ》と尺骨《しゃっこつ》に毛髪様骨折。でも、順調に治りつつある。ブラッドリー大尉が自分でこしらえたダクトテープの仮ギプスが、すごくよくできていたからよ」

「この船はなんですか？」ブラッドリーがきいた。「医務室は、おれたちの基地の病院よりもずっと設備がいい」

「それはそうと、このひとはやたらと質問をするの」ジュリアがいった。「待ちなさいっていうのに、しつこくきくのよ。あなたとマックスが答えてあげて」

ジュリアがドアを閉め、疑り深い表情でカブリーヨとマックスを見ているブラッドリーが残された。

「わけがわからないと思っているだろうね」カブリーヨはいった。

「当たり前でしょう」ブラッドリーがいい返した。「いつ原隊に戻してもらえるんですか？」

「はっきりとはいえない。まず、わたしたちの話を聞いてもらったほうがいいと思う」

「どうなっているのか、さっぱりわからない。あなたがたは、〈KC〉の乗組員二十六人とわたしを救ったのに、ブラジル海軍に攻撃された。それに、海軍の部隊ではないという」

「われわれは民間の組織だ」マックスはいった。「しかし、ほとんどの場合、政府の仕事をやっている」

「それなのに、わたしたちを救うのに、どうして隠密任務にしなければならなかったんですか？」

「われわれは、現在、アメリカ政府にはよく思われていないんだ」カブリーヨはいった。「われわれが何隻《せき》も沈没させたと、彼らは思っている」

「そうなんですか？〈ＫＣ〉を沈没させたのは、あなたたちなんですか？」

「ちがう。ザカリア・テイトという元ＣＩＡ諜報員《ちょうほういん》の仕業《しわざ》だ。〈ＫＣ〉が沈没する前に、乗組員が奇妙な態度を示しただろう？」

ブラッドリーは、椅子に座ったたままもじもじした。「どうしてそれを知っているんですか？」

「テイトは音響眩惑装置というものを開発した。音波を使って、人間の頭脳に影響をあたえる装置だと、われわれは考えている。それにより、恐ろしい幻覚を味わわせ、自分や他人に危害をくわえるよう仕向ける」

ブラッドリーは、ゆっくりとうなずいた。「〈KC〉の乗組員がすべてそうなりました」

カブリーヨは、眉根を寄せた。「きみはそうならなかったんだね?」

ブラッドリーはうなずいた。「気が変にならなかったのは、おれだけのようでした」

カブリーヨとマックスは顔を見合わせた。マックスがきいた。「あんたはその日、聴覚に問題があったんじゃないのか?」

「中耳炎を起こしていました。ひとのいうことが聞こえなかった。何日か前に、やっと治ったんです」

「だから影響を受けなかったんだ」カブリーヨはいった。「われわれの船でもおなじことが起きたが、なんとか逃れることができた……ところで、きみが乗っているこの船は、オレゴン号だ」

「最近亡くなった従兄弟はいないか?」マックスがきいた。

ブラッドリーの目が鋭くなった。「なにが知りたいんですか?」マックスがきいた。

「テイトが〈KC〉を沈没させたのは、あるSEALが乗っていたからだと、われわれは考えている。そのSEALが知っているなにかを、テイトは怖れていた」

ブラッドリーが、椅子に背中をあずけて、腕を組んだ。「あなたがたが信用できるかどうかわからない。そのテイトという男の手先かもしれない。ひょっとすると、テイト本人かもしれない」

「疑り深くなるのも当たり前だと思っていた」カブリーヨはいった。「こうすれば、わかってもらえるだろう」目の前のタブレットのボタンを押した。「はいってくれ、リンク」

数秒後、フランクリン・リンカーンがドアをあけて、颯爽《さっそう》とはいってきた。となりの席にリンクが座ると、ブラッドリーが目を輝かせた。

「あなたですか」ブラッドリーが、畏敬《いけい》の念をこめていった。「その、リンカーン少佐ですか」

リンクが、にやりと笑った。「いまは民間人だが、SEALでの評判がいまも悪くないと知ってうれしいよ」

「少佐はアメリカ軍のライフル選手権でたいがいの記録を塗り替えましたね。六〇〇ヤードの命中率は信じがたい数字でした。伝説になっていますよ。コロナードに少佐の写真が飾ってあります」SEALのBUD／S訓練は、カリフォルニア州サンディエゴ湾のコロナードで行なわれる。

「きみがあんな状況でも生き延びたのは、すごいことだと思う。減圧室で二週間近く生き延びたんだって？　よっぽどの根性がないとできないことだ」

「ありがとうございます。ああ、おれの仲間が話を聞いたら……」興奮が冷めて悲しみがこみあげ、ブラッドリーの言葉が途切れた。

「仲間のことは気の毒に思う」カブリーヨはいった。「しかし、わたしたちはきみの味方だ。彼らの死が無駄にならないように、どうして死んだのか、原因を突き止めたい」

「そのテイトという男を阻止《そし》するつもりなんですね？」

「そういう計画だ」

ブラッドリーは、ひとつ息を吸った。「おれには最近亡くなった従兄弟はいません。しかし、〈ＫＣ〉にそういうＳＥＡＬがいました。カルロス・ヒメネス。親友でした」

「機械室の生存者のなかにいた可能性は？」

ブラッドリーが、首をふった。声を詰まらせていった。「彼もみんなとおなじように気が変になって、襲いかかってきました。それでドライデッキ・シェルターに逃げ込んだんです。カルロスは浸水した前部脱出用ハッチの下にいました」

「気の毒に」カブリーヨはふたたびいった。「しかし、テイトがこういうことをべつの船にやるのを防ぐには、きみがどんなことでもいいから、洗いざらい話してくれることが、きわめて重要なんだ」

「航海をはじめたころ、カルロスはひどく動揺していました」ブラッドリーがいった。「カルロスは、ブラジル人の母親を数年前に亡くしていて、アマゾン東部のジャングルに従兄弟が何人かいたんです。メールして、会う予定でした。ところが、会いにいく前に、従兄弟たちは殺されたんです」

「どういう殺されかただったか、知っているんだね？」

「銃撃で殺されました。警察は、麻薬密売業者の仕業だといったが、カルロスは信じなかった。従兄弟たちが発見したものに関係があると考えたんです」

「発見したものとは？」マックスが聞いた。

「突拍子もない話に思えるかもしれませんが、〈ブレーメン〉というドイツのUボートです。従兄弟たちがその話をしても、だれも取り合わなかったのに、アメリカ人が現われて、場所を教えろといったそうです。カルロスの従兄弟たちは、その情報を明かさなかった。でも、怖くなって、その男の暴力的なやり口を、メールでカルロスに伝えた。われわれの任務が終わったら、カルロスは現地へ行って、従兄弟たちといっしょにそれを見る予定でした。しかし、出航前に、従兄弟たちが殺されたという知らせが届いた」

マックスは、カブリーヨのほうを見た。「いかにもテイトらしいやり口だ。しかし、Uボートをどうするつもりだったんだろう?」

「音響兵器となんらかの関係があるにちがいない」カブリーヨはいい、ブラッドリーに向かっていった。「その従兄弟たちが住んでいる町の名前を知っているか?」

「アマゾン川の河口に近いというだけで、地名は思い出せません」

カブリーヨはがっかりして溜息《ためいき》をついた。テイトが隠そうとしている事柄にかなり近づいているのに、手が届きそうにない。

「でも、それはどうでもいい」ブラッドリーがつづけた。「Uボートがあると、カルロスの従兄弟たちが行った場所に、案内できます」

カブリーヨは、期待をみなぎらせて、身を乗り出した。「どうやって?」

ブラッドリーが、はじめて笑みを浮かべた。「地図があります」

42

アマゾン川流域

ザカリア・テイトは、チャーターした六人乗りのアグスタ・ヘリコプターのあけ放った昇降口から、眼下を流れ過ぎるジャングルを眺めた。グリーンの厚いカーペットのような景色が、アマゾン川の茶色い泥水に支流がたまに切れ目をこしらえているだけで、ほとんど途切れることなくひろがっていた。〈カンザス・シティ〉発見についての最新ニュースをキャスリーン・バラードが読みあげているのが、ヘッドセットから聞こえていた。バラードはテイトの向かいに、ファルークと並んで着席し、ノートパソコンを覗き込んでいた。

「報告によれば、発見したのはブラジル海軍のコルヴェットだそうよ」バラードは、衛星携帯電話の接続を利用してニュースを見ながら伝えた。「生存者二十六人が、二十四時間後に到着したアメリカ海軍駆逐艦《くちくかん》に移された。アメリカ海軍と国立海洋海中機関《NUMA》が、原潜を引き揚げてアメリカに曳航《えいこう》する大がかりな作業を開始している。原子炉から燃料が漏《も》れたときにブラジル沿岸が汚染されることを、NUMAは懸念している」

「生存者の氏名は報じられているのか？」テイトはきいた。

バラードは首をふった。「まだ一日半しかたっていない。親族に連絡している段階よ」

「だとすると、ここに来て正解だった。ヒメネスが生きていたら、まもなくだれかが〈ブレーメン〉を捜しにくるだろう」テイトは、ファルークのほうを向いた。「まだ見つかる気配はないか？」

ファルークが、顔をあげずに肩をすくめた。「ジャングルは広いですよ。最初にUボートを見つけた現地住民に話をきくことができたら、もっと楽に捜せたはずです」

テイトは、ファルークを睨みつけた。「わたしがそいつらを殺したのがまちがいだったと思っているのか？」

ファルークが、恐怖にかられてノートパソコンから顔をあげた。「滅相《めっそう》もありません。ただ、限られたデータでは、見つけるのが難しいといいたいんです。そいつらが

Uボートのことを世界中に教えるのを防いだのは、正しかったと思います。そうなっていたら、われわれが取り組んでいることすべてが、危険にさらされていたでしょう」

テイトは笑った。「落ち着け、ファルーク。ちょっとからかっただけだ。〈カンザス・シティ〉は完全に消滅したと、われわれは思っていた。二週間もたってから乗組員が脱出できるとは、思いもしなかった。それに、ヒメネスは艦内で死んだかもしれない。この捜索は、あくまで念のためだ」

ファルークが、弱々しい笑みを浮かべた。「それならいいんです」画面をふたたび見つめはじめた。

ヘリコプターの機体下に取り付けてある装置も、ファルークが作成したものだった。LiDAR――軽探知測距装置――という画像システムだった。アグスタがジャングル上空を飛ぶあいだ、レーザー光線が一分間に数千回、下に向けて発信される。ほとんどは樹木に妨げられるが、一部が地表に達して、高木の鬱蒼《うっそう》としたジャングルを除去した映像ができる。中米の隠れたマヤ遺跡を作図するのに使われたテクノロジーとおなじだ。ファルークのノートパソコンは、データをリアルタイムで分析し、画面に地図を表示する。形に顕著な特徴がある第一次世界大戦中のUボートが、捜索範囲にあれば、容易に見つけられるはずだった。

一行はまず、支流すべての岸から捜索をはじめたが、〈ブレーメン〉が発見される可能性は低いとテイトは判断した。そういう場所にあれば、川を船で行き来する漁民が、とっくの昔に発見していたはずだ。

そこで、いまはジャングル内をレーザーで掃引している。Uボートが放棄されたのは一九二二年だから、それからほぼ百年たつあいだに、細い支流は何度となく流路が変化したにちがいない。途切れた支流に取り残されたUボートが、裸の地面を奪い合っている樹木にたちまち覆われるのは、じゅうぶんにありうることだった。

「これでは、いつまでかかるかわからない」テイトはいった。

「几帳面《きちょうめん》にやるしかないんです」ファルークがいった。「捜索パターンからはずれると、見逃すかもしれない」

「それに、ホルヴァートが支離滅裂な話をしたときも、Uボートの位置はいわなかったと、いい切れるんだな？」

「そうだったらありがたいんですが。これは退屈でつらいだけです」

イシュトヴァーン・ホルヴァートは、第一次世界大戦末期に音響兵器を発明したハンガリー人科学者で、一九二二年にアマゾンのジャングルから現われ、ドイツのUボートが熱帯雨林のまんなかで動けなくなったという、突拍子もない話をした。海上封鎖突破艦として建造された潜水艦〈ブレーメン〉は、無傷で戦争を切り抜け、戦闘行為が終結したあとも四年間、アマゾン川の辺鄙な場所を前方基地に使い、略奪のための襲撃をくりかえしていたと、ホルヴァートは主張した。

〈ブレーメン〉はたしかに終戦前に行方不明になり、その後まったく目撃されていなかったが、ホルヴァートの話を信じるものは、ひとりもいなかった。ホルヴァートは、病気と、害虫だらけのジャングルを長距離歩いたせいで、正気を失ったと断定された。潜水艦の乗組員は全員病気にかかって、海に出る前に死んだと、ホルヴァートは自分を救出したひとびとに告げた。自分ひとりが生き残り、川沿いを歩いて海岸にたどり着いたと、ホルヴァートは語った。血走った目で奇想天外なことをいったために、狂人のたわごとだと見なされた。

ホルヴァートは、ブダペストの精神病院に送られ、死ぬまで病室の壁にわけのわからないことを書きつけた。ホルヴァートの死後数十年たってから、ファルークが音響兵器の研究を行なっていたときに、精神医学の専門誌に載っていたホルヴァートの病室の写真を、たまたま見た。ホルヴァートが壁に書いた方程式が、音響眩惑装置開発の公式だということを、ファルークは見分けた。ファルークとテイトは、現存する精神病院に忍び込み、病室の壁がすでに塗りなおされていたことを知った。しかし、ホルヴァートがそこに監禁されていた時代の貴重な写真資料を、ふたりは発見した。ファルークがホルヴァートの労作を再現し、さらに改良して完全なものにしたので、テイトはよろこんだ。

ブラジルの住民がたまたまUボートを発見したとき、テイトは自分の投資を護らなければならないと気づいた。ホルヴァートの音響眩惑装置の設計図が、まだ艦内にあるかもしれない。それが発見されたら、音響眩惑装置のテクノロジーを独占できなくなる。それはなんとしても防がなければならない。

「燃料が乏《とぼ》しくなっています、司令官」パイロットがいった。「給油のために戻らなければなりません」

テイトは、しかめ面で西の太陽を見た。「どれくらいかかる？」

「ヘリポートへ行き、ここに戻ってくるまでですか？　一時間です」

テイトは、ファルークに向かっていった。「もう一度捜す時間はあるか？」

「ぎりぎりです」

「わかった」テイトはパイロットにいった。「戻るぞ」

「リーが待っています」バラードがいった。「いま無線連絡がありました」

「補給品を手に入れたんだな?」

バラードがうなずいた。C‐4プラスティック爆薬九〇キロをリーが入手した、という意味だった。〈ブレーメン〉を発見したら、最初の音響眩惑装置と設計図がだれにも見つからないように、Uボートそのものを木っ端《こぱ》みじんに吹っ飛ばすつもりだった。

43

オレゴン号は、広大なアマゾン・デルタの入り組んだ分流を遡《さかのぼ》り、陸地に乗りあげないように気をつけながら、できるだけ内陸部の奥へと進んでいった。あちこちにある大きな河港から離れたところで、沈泥《ちんでい》に錨《いかり》をおろした。艇庫の扉があくと、ジャングルの生活環に不可欠な花、菌類、カビの入り混じったにおいが漂ってきた。好奇心を抱いた人間に見つけられるおそれはないと、カブリーヨは思っていた。河岸にこれだけ近づいても、町や集落はまばらだし、もっとも近い農場は八〇キロメートル離れている。

ブエノスアイレスでオーヴァーホルトを救出したときに膨張式硬式船体艇《RHIB》を失ったので、そこからさらに川を遡るには、〈ゾディアック〉膨張式ボート二艘《そう》を使うしかなかった。マイケル・ブラッドリーが、エディー、リンク、レイヴン、マクド、マーフィーとともに、カブリーヨに従って行きたいと強硬に主張した。物をつかめるようにジュリア・ハックスリーがグラスファイバー製のギプスを成形したので、片腕にギプスをはめていても任務に参加できると、ブラッドリーは思っていた。

カブリーヨは当初、ブラッドリーを原隊に戻したほうがいいと考えて、参加したいという要求を却下した。だが、〈ブレーメン〉を見つけるのを手伝って、〈カンザス・シティ〉の乗組員の死が無駄ではなかったことを確実に示すまで、オレゴン号を離れることはできないと、ブラッドリーは力説した。ジャングル探検に加えてもらう見返りに、ブラッドリーは地図を渡すことに同意した。じっさいは、カルロス・ヒメネスの従兄弟たちが送ってきた絵の写真だった。ブラッドリーの携帯電話は〈ＫＣ〉とともに海に沈んだが、出航前にバックアップをクラウドにアップしていたので、インターネットに接続するだけで、画像を回収できた。

地図の画像を手に入れたマーフィーとエリックが、アマゾン川流域の詳細な衛星地図と照らし合わせた。数分後には、Ｕボートがあるとされる位置が、アマゾン川の南のマプア保全地域にあることを突き止めた。熱帯雨林を細い川が縦横に流れている広大な地域が保護され、ごく少数の住民がそこで暮らしを立てている。ヒメネスの従兄弟たちは、その保全地域の川沿いの小さな村に住んでいた。

カブリーヨは、リンク、ブラッドリー、マーフィーとともに一艘目の〈ゾディアック〉に乗り、エディー、マクド、レイヴンがもう一艘に乗る。ブラッドリーを除く全員が、MP5サブマシンガンで武装していた。ブラッドリーも武器を要求したが、カブリーヨはそれだけは許さなかった。

「きょうジャングルを捜索するのに、暗くなるまで約四時間しかない」カブリーヨはいった。「地図の精確さとジャングルの密度にもよるが、全域を調べるには何日もかかるだろう」

「捜索パターンは、おれが把握します」マーフィーが、GPS位置標定システムを掲げた。「迷って、すでに調べた座標をもう一度なぞらないように」

カブリーヨは、ブラッドリーのほうを見た。「この取り決めの条件を理解しているか？」

「おれは海軍SEALですよ。ガキじゃない」ブラッドリーが文句をいった。

「だが、わたしたちといっしょにいるときは、わたしの保護と命令に従う。わかったか？」

ブラッドリーがうなずき、リンクのほうをちらりと見た。「ずっと彼のそばにいないといけないわけですね」

「おい、拷問《ごうもん》されているみたいないいかたはよせ」リンクが、額の汗を拭《ふ》きながらいった。「おれはまだ、そんなに臭くないと思うがね」

「この湿度だから、じきににおいはじめる」熱帯雨林にうようよいる虫を追い払うために、〈ディート〉をふんだんにスプレーしながらマーフィーがいった。「ヘビ除《よ》けも持ってくればよかった」

リンクが、膝に置いた山刀《マチエーテ》を叩いた。「だからこれを持ってきたんだ。目の前に現われたときのために」

マーフィーは、ブラッドリーに笑みを向けた。「おれがリンクのそばにいることにする」

捜索地域にもっとも近いところまで、一行は川を三キロメートル遡った。そこから先は、歩いていく。

カブリーヨたちは〈ゾディアック〉を川から引き揚げ、鬱蒼とした森にはいっていった。樹木が高くそびえ、地面を照らそうとする日光をほとんどさえぎっていた。たまに林冠に隙間《すきま》があったが、そういうところでは、下生《したば》えが通れないくらい茂っていた。鳥、カエル、虫が絶え間なく鳴いていたし、水の流れる音や、風に枝がそよぐ音に包み込まれた。乾季の名残の枯れ葉が、踏みしだかれて乾いた音をたてた。

この熱帯雨林では、〝乾季〟はすこし雨がすくないという程度のことでしかない。

マーフィーとGPSに導かれてジャングルを進みながら、何度も湿地や膝まで水がある沢を通らなければならなかった。樹木に信号が遮られるので、GPSはたびたびリセットしなければならなかった。十五分もたたないうちに、カブリーヨのズボンには水が染みとおり、ブーツには泥がこびりついていた。

二時間にわたって単調に森を歩くあいだ、人工物はひとつも見かけなかった。

そのとき、人間がたてる物音が、カブリーヨの耳に届いた。ヘリコプターのローターの連打音が近づいてくる。カブリーヨは手をあげ、一行は立ちどまった。

ヘリコプターは、南のほうへ通過し、ローターの音が遠ざかって消えた。

「測量士にちがいない」エディーがいった。

「あるいは輸送ヘリ」レイヴンがいった。

「こんなところで?」マクドが疑問を投げかけた。

「先へ進もう」カブリーヨはそういったが、付近をヘリコプターが通過したことが気がかりだった。

それから十五分進みつづけた。マーフィーのすぐうしろにいたカブリーヨが時計を見て、四十五分後にはきょうの捜索をあきらめ、〈ゾディアック〉に戻らなければならないと気づいた。

そのとき、マーフィーが腐りかけた丸太のようなものを踏み、カチンという音が聞こえた。

全員が足をとめた。カブリーヨは、その物体を足で探り、爪先《つまさき》で叩いた。うつろな音が響いた。カブリーヨがしゃがんで、土を払い落とすと、灰色の塗装と錆びた鋼鉄が現われた。

高い藪《やぶ》が右側の視界を遮っていたので、カブリーヨは一二メートル先までまっすぐに歩いてきびすを返し、唖然《あぜん》として発見物を眺めている六人のほうを向いた。そこから見ると、巨木の切り株のように地面から突き出している司令塔が、藪の左側にあるのがわかった。カブリーヨはいましがた、アマゾンの熱帯雨林に鎮座している第一次世界大戦期のUボートの艦尾を横切ったのだ。

大部分が蔓草《つるくさ》やその他の植物に覆われていたが、その異様な形は見まがうはずがなかった。前に訪れた人間が腐った木の葉や泥を払いのけた部分だけは、はっきりと見えた。ドイツの鉄十字と、司令塔にステンシルで描かれた艦名。

〈ブレーメン〉。

44

持ってきた大ハンマーで五分間叩いてようやく、司令塔のてっぺんのハッチのハンドルの錆を落とし、歯車が動くようにすることができた。外界から九十年以上も遮断されていた艦内から、カビ臭い空気が流れ出た。カブリーヨはヘッドランプを装着して、梯子《ラッタル》をおりていった。

発令所の甲板に達すると、ヘッドランプの光がミイラ化した遺体を照らした。上体を起こし、潜望鏡にもたれていた。ほかにふたりの遺体が、口をぱっくりあけて、潜舵手席と横舵手席《おうだしゅ》に座っていた。

カブリーヨのチームの面々がつぎつぎとはいってくると、ヘッドランプが狭い発令所の全容を照らし出した。パイプ、計器、レバー、スイッチには、すべてドイツ語の表示があった。バラストと蓄圧器を制御するバルブ群のハンドルが、隔壁の大部分を占領していた。Uボートが運用されていたときの汚れは残っていたが、ずっと湿った外気にさらされていなかったおかげで、腐敗はほとんど進んでいなかった。〈ブレーメン〉はいまも航海に出られそうに見えた。

「手分けして、音響眩惑装置に関係がありそうなものを探せ」カブリーヨは命じた。

レイヴンとマクドが艦首に向かい、マーフィーとエディーが艦尾を目指した。

ブラッドリーは、最後から二番目にはいってきて、腕を骨折しているのに、なんなくおりてきた。すぐうしろにリンクがつづいていた。

「〈カンザス・シティ〉は狭苦しいと思っていたが、これはもっと狭い」ブラッドリーが、発令所を眺めまわしながらいった。リンクの巨体がスペースのかなりの部分を占めているために、よけい狭く思えた。

「ほんとうは、当時としてはかなり大きい潜水艦だった」アマゾン川に来る途中で、カブリーヨは〈ブレーメン〉について下調べをしていた。「排水量一万トン以上で、航続距離は二万海里に延伸されていた」

「乗組員の数は？」

「士官八人、下士官六十人」

リンクが、口笛を鳴らした。「みんな仲がよかったのならいいが」

「航海の最初のころ、そうではなくても」カブリーヨはいった。「最後には仲よくなる」

「最初に殺し合わなければ」ブラッドリーが、ジョークをいってから、咳払《せきばら》いをした。〈KC〉の悲運を連想すると気づいて、きまり悪くなったのだ。「どうしてそんなに大きいんですか?」

「封鎖突破艦として造られたからだ」カブリーヨはいった。「イギリスは、ドイツの港に物資が届くのを阻止しようとしていた。そこで、〈ブレーメン〉などのUボートが、潜航して封鎖を潜り抜けた。貨物を七〇〇トン積むことができたという」

「問題は、そいつが、なぜ、どういうふうに、アマゾンのジャングルのまんなかで終わりを迎えたかということだ」リンクがいった。

「どういうふうに、のほうが答えやすいかもしれない」カブリーヨはいった。「われわれがいま立っている場所は、昔、川底だったんだと思う。この地域全体が、広い氾《はん》濫原《らんげん》だ。大嵐《おおあらし》のたびに川の水かさが増し、新しい流路を掘る。それで、〈ブレーメン〉はここに取り残された。第一次世界大戦のころからここにあったと想定すると、植物がこれを覆い尽くす歳月はじゅうぶんにあった」

「それで、なぜ、のほうは?」ブラッドリーがきいた。

カブリーヨは肩をすくめた。「艦長の航海日誌が見つかれば、答がわかるかもしれない」

発令所の捜索を開始したときに、ブラッドリーがいった。「おれはドイツ語が読めない。どんな見かけですか？」

「表紙に〝クリークスターゲビューヒャーと書いてあるかもしれない」カブリーヨはいった。「文字どおり〝戦時日誌〟のことだ」

「長いドイツ語の単語というわけですね」リンクが、皮肉をこめていった。「わかりました」

三人は海図や暗号帳を何冊もひっくりかえしたが、日誌のようなものは見つからなかった。

やがて、カブリーヨが潜望鏡にもたれている遺体をちらりと見ると、脚の下から一冊の本の角がはみ出していた。カブリーヨはかがんで表紙を持ち、ひっぱり出した。表紙にKTB（ドイツ語の戦時日誌の略語）という文字が刻印されていた。カブリーヨはそっとひらいた。紙が黄ばんでいたが、書かれていたのはきちんとした文字で、読みやすかった。最初のページの日付は、〝Der 7.9.16.〟。

一九一六年九月七日。

「あったぞ」カブリーヨは、日誌をめくりながらいった。

ブラッドリーとリンクがそばに来て、カブリーヨの肩越しに覗いた。

「なんて書いてあるんですか?」ブラッドリーがきいた。

カブリーヨは首をふった。「じつは、わたしもドイツ語は読めない。マーフィーが翻訳を手伝ってくれるだろう。だが、最後の記入の日付は奇妙なんだ。一九二二年六月十八日になっている」

「戦争が終わってから、四年たっている」リンクがいった。

「どうやら、自分たちで商売をはじめたようだな」カブリーヨはいった。

「どうしてそう思うんですか?」ブラッドリーがきいた。

「なぜなら、ざっと見ただけでも、アメリカの船の名前が書いてあるとわかった。〈キャロル・A・ディアリング〉も含めて」

「聞いたことがあるような気がする」

カブリーヨはうなずいた。「かなり有名な海の謎だ。その船は、嵐のあと、ハタラス岬《みさき》近くで座礁《ざしょう》した。船体はほとんど損傷していなかったが、乗組員が消え失せていて、二度と見つからなかった」

「テイトが、わざわざヒメネスを殺して〈KC〉を沈没させた理由が、まだわかっていない」ブラッドリーがいった。「昔のUボートをわれわれが見つけることを、どうしてそんなに怖れているんだろう?」

カブリーヨは、テイトの動機についての推理を、ブラッドリーに教えようとしたが、そのとき、艦首から呼ぶのが聞こえた。

「会長、できるだけ早く、ここを出たほうがいいと思います」レイヴンが叫んだ。

カブリーヨは、日誌をリンクに渡し、急いで艦首へ向かい、魚雷発射管室へ行った。

レイヴンとマクドが、隔壁に背中をつけて、発射管室中央の魚雷装塡《そうてん》用レールに取り付けられた魚雷二本から、できるだけ体を遠ざけていた。

魚雷そのものは無傷だったが、発射管に装塡するときに魚雷を吊りおろす滑車の鎖が、魚雷の上に落ちていた。一本の魚雷の先端の接触信管から、その鎖が垂れさがっていた。

「きみたちがはいったとき、こういう状態だったのか?」

「ええ」レイヴンが、落ち着いて答えた。「見つけたときのままの状態です」

「そいつに近づくのはごめんですよ」マクドが、うろたえた声でいった。

「わかった」カブリーヨはいった。「触れないようにしろ。弾頭がいまも生きているか、あるいは爆薬が化学変化を起こして、爆発しやすくなっているか、見当もつかない」

「燃料はどうですか？」レイヴンがきいた。

「漏れはないようだが、軽油は震動に敏感だ」

「火花はいうまでもなく」マクドがつけくわえた。

カブリーヨはうなずいた。「静電気ショックもまずい。ゆっくりとここから出よう」

魚雷発射管室からおそるおそる出ながら、カブリーヨはきいた。「なにか見つけたか？」

レイヴンが首をふった。「七人の遺体があっただけです。個人的な手紙や小説本があっただけで、書類はなにもありませんでした」

「それなら、マーフィーとエディーが運に恵まれたことを願おう。とにかく、どうあろうと五分後にはここを出る」

発令所にひきかえすときに、カブリーヨはレイヴンが報告した遺体にはじめて気づいた。いずれも、さきほど急いで横を通り過ぎた寝棚に横たわっていた。

カブリーヨは、艦長室の前を通って、艦尾へ行った。エディーとマーフィーが、兵員居住区の物入れを調べていた。

「なにかあったか？」カブリーヨはきいた。

「服や身の回り品がいっぱい」エディーがいった。「でも、音響眩惑装置に関係があ

「操作便覧か、設計図みたいなものがあるはずだ」成果がないのを口惜《くや》しがって、マーフィーがいった。

「一般の乗組員が見られるようなところに、そんな大事なものを保管しておくはずがない」カブリーヨはいった。

「それに、防水でなければならない」

「艦長と、ほかにひとりぐらいが取り出せるような場所でしょう」エディーがいった。

カブリーヨは、ふたりといっしょに艦長室に戻り、継ぎ目や縫い目をすべてなぞった。

ついにマーフィーが叫んだ。「発見《エウレカ》！」

マーフィーが鏡板を一枚剝《は》がすと、秘密の隠し場所が現われた。なかにノートが何冊も積んであった。

マーフィーが、いちばん上のノートをひらいていった。「この言語は見たことがない」

スペイン語、ロシア語、アラビア語ができるカブリーヨに見せた。細かい活字体で書いてあるのがどこの言語なのか、カブリーヨにもわからなかった。

マーフィーが携帯電話をそのページに向けて、写真を一枚撮った。「翻訳アプリで調べます」

数秒後に、マーフィーはいった。「ハンガリー語。おおまかな翻訳だと、最初の文は〝意識と行動の変化を促進する音響装置製造のための覚書《おぼえがき》、イシュトヴァーン・ホルヴァート〟」

「こっちはドイツ語だ」エディーが、そのページの下のほうに殴《なぐ》り書きされた単語ふたつを指差した。

イレ・ヴァフェ。

マーフィーが、ふたたび訳した。〝狂気兵器〟。

「テイトはこの秘密を隠そうとしたんだ」カブリーヨはいった。「ぜんぶまとめて持っていき、オレゴン号で解読しよう」

カブリーヨは発令所に戻り、ブラッドリーに笑みを向けた。「探しにきたものが見つかった。艦長室に隠してあった」

ブラッドリーが、ほっとして溜息をついた。「ヒメネスがここにいてそれを見られないのが、残念です。テイトを見つけ出して、打ち滅ぼしてくれますよね？」

「そのつもりだ。だが、きみがそれに参加するのは無理だろう」

ブラッドリーがうなずいた。「国に帰る潮時ですね」

「空港がある近くの都市まで送っていって、飛行機に乗せるよ」

「海軍にはどういいましょうか？」

「事実をいえばいいが、信じてもらえないだろう」

「ここに連れてくれれば、信じるでしょう。わたしもまさか――」

カブリーヨが片手をあげて、ブラッドリーを制した。足もとが震動しているのに、まず気づいた。鋼鉄の船体にあたる律動的な打音が、聞こえはじめた。水中にいたら、Uボートを爆雷で攻撃するために接近してきた駆逐艦のスクリュー音だと思ったにちがいない。

だが、カブリーヨの意識では、それとおなじくらい不吉な音だった。

リンクが、Uボートの船体を透かして空を見ようとするかのように、上に目を向けていった。「ヘリコプターが戻ってくる」

45

アグスタ・ヘリコプターはいま、パイロットの隣に乗っているファルークが決めたパターンで飛び、テイトはうんざりしていた。一日ずっとそれをつづけていて、延々とつづくなんの特徴もないグリーンの樹冠を見おろしているのが、嫌になっていた。バラードは向かいの席でうたた寝をしていたし、リーは機内に積み込んだC‐4プラスティック爆薬十二包の木箱を点検していた。爆薬には時限信管が取り付けられ、リーはその設定を調整していた。三十秒に設定すれば、爆発から無事に遠ざかることができる。

テイトはいらだって溜息をついたが、ファルークが口をひらいたので、背すじをのばした。

「戻れ」ファルークが、パイロットに指示した。

「なにか見つけたのか？」テイトはきいた。

「葉巻の形の長いものがあります。倒木かもしれませんが、かなり大きいようです」

ヘリコプターが機首をめぐらし、いましがた飛んだところを、逆になぞった。

数秒後、ファルークが勝ち誇って両拳を突きあげた。

「あれだ！」ファルークが、ノートパソコンを持ちあげて見せた。果せるかな、Uボートの特徴のある輪郭を、テイトは見分けることができた。

ファルークがパイロットを誘導し、ヘリコプターをホヴァリングさせた。

「いま、真上にいます」

あけ放たれた昇降口から、テイトは身を乗り出したが、なにも変わったものは見えなかった。地表は樹冠に隠れて、まったく見えなかった。

「着陸できるところはないか？」テイトは、パイロットにきいた。

「開豁地《かいかつ》はしばらく見ていません」パイロットが答えた。「とにかく、ヘリコプターがおりられるような広さのところは、ありませんでした」

「ボートを借りて、遡るしかないわ」バラードがいった。「歩いていって、爆薬を仕掛ければいい」

「だめだ」テイトはいった。「時間がかかりすぎる。リー、爆薬がなにかにぶつかっても起爆しないように投下できるだろう？」

リーがうなずいた。「C-4はとても安定しています。それに、発火具は地面にぶつかってもはずれないように取り付けてあります」

「Uボートを完全に破壊できるだけの量があるか?」

「それ以上あります。半分でも多すぎるほどです」

「それなら、ここから投下しよう」テイトはいった。「爆発のあと、もう一度降下して、ファルークが結果を確認する。なにかが残っていたら、もう一度投下する」

リーが、期待にうずうずして、両手をこすり合わせた。「いいですね。一日ずっと、これを待っていたんです」

ファルークに手伝わせて、リーが爆薬の時限信管を設定して、ジャングルに投下した。六つ目が投下されたところで、パイロットがヘリコプターの向きを変えて、最大速度で遠ざかった。

テイトが昇降口から覗き、リーがカウントダウンした。

「五……四……三……二……一……」

キャノピイを通して、まばゆい閃光が何度も輝くのが見えた。爆風で周囲が揺れた。

だが、それで終わりではなかった。つぎの瞬間、巨大な火の玉がおなじ場所から噴きあがり、そのあたりの樹木を宙に吹っ飛ばした。すさまじい衝撃波がヘリコプターを襲い、テイトは落ちないようにしがみつかなければならなかった。

「あれはなんだ?」テイトは、リーにどなった。

自分が引き起こした大爆発を、目を丸くして見ていたリーが、わけがわからないというように肩をすくめた。「あんなでかい爆発が起きるはずじゃなかった」

「想像はつくわ」バラードがいった。「Uボートなんでしょう? だったら、魚雷が何本か残っていたのよ」

テイトがうなずき、ちょっと考えた。「そういうことにちがいない」

「おかげできれいに片付きましたね」ファルークがいった。「もうなにも残っていないでしょう」

ファルークのいうとおりだと気づき、テイトは安心した。

「だが、念のために戻ってたしかめよう」

「はい、司令官」パイロットがいった。ヘリコプターの向きを変えて、爆発現場にひきかえした。

到着すると、樹木がまだ燃えていた。煙が空に漂っていたので、だれにでも位置がわかる。

テイトは、それについては心配していなかった。Uボートが破壊されたいま、好奇心をおぼえた住民が見つけられるのは、焼け焦げた残骸だけだ。

ヘリコプターは煙から離れてホヴァリングした。ファルークが画面を見て確認した。

「なにか残っているか？」テイトがしびれを切らしてきいた。

「見たかぎりでは、ほとんどなにもありません」ファルークが答えた。「艦首があったところに、巨大な漏斗孔《クレーター》ができています。大部分が、ねじ曲がった金属です」

樹木の一部が倒れたり、半分吹き飛ばされたりしていたので、残骸の一部をテイトは見ることができた。もう潜水艦だったとは見分けられない。船体は大部分が引き裂かれて細かい破片になり、艦内の可燃物はすべて燃えていた。

「よくやった、みんな」テイトは、にんまりと笑った。「今夜の食事は、わたしのおごりだ」

パイロットがヘリコプターの機体を傾け、ヘリポートに戻ろうとした。

「司令官」ファルークが、ためらいがちにいった。「録画に腑《ふ》に落ちないことがあります」

「たとえば、なんだ？」くすくす笑いながら、テイトがきいた。「ちがうUボートを爆破したのか？　アマゾンのジャングルで動けなくなったUボートが、何隻もあるとは思えない」

「Uボートのことじゃないんです」

「では、なんだ?」テイトは声を荒らげた。せっかくの楽しい雰囲気を、ファルークは台無しにしようとしている。

「最初にUボートを発見したときの画像から順に、詳しく調べてみたんです。いま見ているのと比較するために」

「おまえの話は、まどろっこしくて不愉快だ、ファルーク」

「動画を拡大してみました」ファルークが、座席でうしろ向きになった。顔に不安の色がひろがっていた。「ほんとうにかすかにしか見えませんが、潜水艦から何人もが出てくるところだと思います」

46

カブリーヨは、咳き込み、息を吸おうとしてあえぎながら、目をあけて、顔の泥を払い落とした。爆発で湿地に投げ出されたときに、衝撃が胸に反響した。カブリーヨとあとの六人は、〈ブレーメン〉から一〇〇ヤード離れたところで、身を隠していた。くすぶっているUボートの爆発で負傷しないですむ、ぎりぎりの距離だった。カブリーヨの頭のすぐそばの木にギザギザの鋼鉄片が突き刺さっているのを見れば、危うく死ぬところだったとわかる。

カブリーヨは、起きあがって大声でいった。「みんな無事か？」

ヘリコプターが上空を通過する音を聞いたとき、カブリーヨは六人のあとから最後に脱出した。〈ブレーメン〉の周囲の木立の蔭でしゃがんでいれば安全だと思ったのは、大失敗だった。空からC‐4爆薬の包みが落ちてくるのを見たときにようやく、もっと遠くへ逃げろとカブリーヨは命じた。

擦《す》り傷や打ち身があるが無事だという返事が、ひとりひとりから、返ってきたので、カブリーヨはようやくほっとした。

「どいてくれよ！」ブラッドリーが叫び、カブリーヨが見ていると、リンクが立ちあがった。リンクはブラッドリーの安全に責任があるので、爆風から護るために覆いかぶさっていたのだ。

「自分の仕事をやってるだけだ」リンクはそういって、ブラッドリーを助け起こした。「爆発で投げ出されるほうが、危険じゃなかったかも」

「いっしょに来たいといったのは、あんただろう。ボスがここにいるんだ。おれが保護してるときにあんたが死んだら、つぎの勤務評定に響く」

「丁々発止の議論を邪魔したくはないが」カブリーヨはいった。「ヘリコプターが戻ってくる」

テイトが、やり残したことを片付けようとしているにちがいない。

「またUボートを爆破するのかな？」マーフィーが怪訝《けげん》そうにいった。「もうすっかり屑鉄《くずてつ》になってるのに」

「わたしたちを見つけたのかしら？」レイヴンがいった。

「こんなに木がいっぱい生えてるのに？」マクドがいった。「ありえないよ。真上を飛んでても見えなかったんだから」

「それじゃ、どうやって〈ブレーメン〉を見つけたのかな?」エディーが、疑問を投げた。「上を百回飛んでも、見えないかもしれない。われわれだって、たまたまつまずいたから見つけたんだ。地図も持っていたし」

エディーのいうとおりだと、カブリーヨは気づいた。テイトのヘリコプターは、樹冠を通して地表を見ることができる感知装置《センサー》を積んでいるにちがいない。この暑さでは赤外線装置で探知するのは難しいはずだから、オレゴン号にあるようなＬｉＤＡＲだろうと思った。

「見つかったかもしれない!」カブリーヨは叫んだ。「大至急、〈ゾディアック〉に戻ろう!」

マーフィーが先頭に立ち、ＧＰＳ位置標定システムを使って導いた。踏み分け道のたぐいを通ってきたのではないので、自分たちの足跡を逆にたどることはできない。

七人がさっきまでいたところの真上でヘリコプターが停止し、ホヴァリングした。カブリーヨが走りながら肩越しに見ると、Ｃ‐４爆薬が空から落ちてくるのが見えた。

「伏せろ!」

全員が地面に身を投げた瞬間、爆薬が炸裂《さくれつ》した。土が降り注いだが、距離があったので、だれも負傷しなかった。

「移動する！」

七人はぱっと起きあがって、繁茂《はんも》している下生えのなかをできるだけ速く進んだ。カブリーヨが殿《しんがり》で、エディーがその前にいた。

「やつら、リアルタイムでわれわれを見ることはできないようですね」エディーが、走りながら肩越しにいった。「われわれがいた場所に落としている」

「わたしもおなじことを考えていた」カブリーヨは大声で返事をした。「ソフトウェアが処理するのに時間がかかるんだろう。だからこそ、移動しつづけなければならない」

ヘリコプターがふたたび近づいてきた。カブリーヨは、ヘリコプターの燃料が乏しくなるまで、チームを走らせつづけるという手もあると思ったが、暗くなりはじめていた。敵に赤外線センサーがあった場合、格好の的《まと》になってしまう。安全なオレゴン号に逃げ戻るしかない。

今回、ヘリコプターはカブリーヨたちを追い越して、行く手に爆薬を投下した。もっとも近い分流に行くのを予想したのだ。七人はふたたび地面に伏せ、C‐４爆薬が樹木を何本も薙《な》ぎ倒した。カブリーヨはＭＰ５でヘリコプターを狙い撃ち、五人がそれに倣《なら》ったが、樹冠を貫くのは難しいし、命中するかどうか疑わしかった。

「撃ちかた待て」カブリーヨはどなった。「あとどれくらいだ、マーフィー？」

「二〇〇ヤードです」

「行くぞ。川に出れば、ヘリコプターを狙い撃つのが容易になる」

「われわれも身を隠せなくなる」エディーがつけくわえた。

「そのリスクをとる甲斐はある」リンクがいった。

川へ行くまでに、もう一度爆発を回避した。カブリーヨは髪から泥を払い落としながら、このいじめを楽しんでいるテイトのうれしそうな顔を思い浮かべた。

〈ゾディアック〉のところまで行くと、急いで川に浮かべ、船外機を始動した。武器を持っていないブラッドリーに操縦を任せ、カブリーヨ、リンク、エディーが空に銃口を向けた。もう一艘でも、マクドとレイヴンがおなじようにして、マーフィーが操縦した。

川幅は狭く、せいぜい数十ヤードだった。オレゴン号は、二海里離れた分岐点に投錨《とうびょう》している。カブリーヨたちの〈ゾディアック〉が最大速力を出せば、四分で到着するはずだった。

「岸近くを進ませろ」カブリーヨは、ブラッドリーに命じた。それから、マックスを通信システムで呼び出した。「マックス、われわれは敵火にさらされている」

「ジャングルからの銃撃か？」

「いや、ヘリだ。テイトが爆弾を落としている。死傷者はないが、近づいてくる。ロックオンできるか？」

「レーダーに映っていない。超低空を飛んでるにちがいない」

「そっちにおびき寄せる」

「準備している」マックスがいった。

ヘリコプターがUボートのあった方角から近づいてくる音が聞こえた。アグスタ・ヘリコプターが、またたくまに川を横断した。一瞬、テイトが昇降口から見おろして、得意げに笑っているのが見えた。

「すぐに戻ってくるぞ。われわれの位置を知られた！」カブリーヨは叫んだ。「川の対岸に移動しろ！」

二艘の〈ゾディアック〉が川を斜めに航走して、反対側の岸に寄せた。それと同時に、アグスタが林から飛び出した。数秒前にカブリーヨたちがいたところに、テイトがC-4の包みを投下し、水面に触れた瞬間にそれが爆発した。水柱が噴きあがって、〈ゾディアック〉は水をかぶったが、じゅうぶんに離れていたので、損害はなかった。

カブリーヨはつぎに、テイトの投下タイミングを狂わせるために、速力を落とさせた。ヘリコプターがふたたび戻ってきて、川を横切って爆撃航過を行なおうとしたとき、カブリーヨ以下の五人が狙い撃った。当たるとは思えなかったが、つぎの航過の前に、テイトは迷うにちがいない。

そのときには、カブリーヨは自分たちの位置を把握していた。つぎの湾曲部を過ぎれば、オレゴン号が障害物なしにヘリコプターを撃つことができる。

「マックス、ひらけたところにテイトを誘い出す。射撃準備をしてくれ」

「準備はできてる」マックスが応答した。対空ミサイルはレーダー誘導で、オレゴン号の照準器がアグスタを捉えると同時にデータが転送され、ミサイル本体がロックオンする。

ヘリコプターがつぎに上空を通過したとき、テイトがC - 4爆薬をカブリーヨの〈ゾディアック〉のすぐうしろに投下した。爆発で〈ゾディアック〉が飛びあがり、転覆せずに運よくそのまま着水した。衝撃でカブリーヨの歯が鳴ったが、エディーやブラッドリーとともに、どうにかしがみついていた。だが、リンクは船縁《ふなべり》を越えて川に落ちた。

「進みつづけろ！」カブリーヨはもう一艘の〈ゾディアック〉に命じた。ブラッドリーが舵《かじ》を切って、ひきかえすと、リンクが舷側《げんそく》をつかんだので、カブリーヨとエディーがひっぱりあげた。

「行け！　行け！」

レイヴン、マクド、マーフィーの〈ゾディアック〉は、二〇〇ヤード前方で、川の湾曲部を通過し、オレゴン号を視野に捉えていた。ブラッドリーも〈ゾディアック〉を湾曲部に向けて猛スピードで航走させた。ヘリコプターが林から現われて、背後の川面《かわも》の上でホヴァリングした。

テイトが、カブリーヨたちを睨みつけていた。アグスタは前進しない。ミサイルの発射準備ができていた。

〈ゾディアック〉が湾曲部に達し、オレゴン号が見えた。

アグスタは、依然としてホヴァリングしていた。

カブリーヨは、減速するようブラッドリーに命じてから、テイトのほうをふりむいた。両手をふって、追ってこいと宿敵をけしかけた。

テイトが首をかしげてから、にやにや笑った。カブリーヨのほうに指をふり、ヘッドセットでなにかをいった。アグスタが向きを変えて、川沿いに飛び去った。

「オレゴン号が待ち構えているのを知っていたんだ」エディーがいった。

カブリーヨは、テイトが子供でも叱《しか》るようにふっていた指のことを考えていた。テイトを打ち滅ぼすのがそう簡単ではないことを、肝《きも》に銘《めい》じておくべきだった。

「心配するな」アグスタが林の向こうに姿を消すまで見送りながら、カブリーヨはいった。「つぎの機会がかならずある」

47

南太平洋

中国海軍の潜水艦〈武宋《ウーツオン》〉の水密戸《ハッチ》を水兵があけると、余檀《ユー・チアン》海軍上将は、二週間ぶりに潮の香りを嗅《か》いだ。余はセイルの梯子《ラッタル》を昇って、航海艦橋に出ると、深く息を吸った。エアフィルターがあるにもかかわらず忍び込むディーゼル燃料の蒸発気と体臭から逃れられて、ほっとしていた。余は双眼鏡をあげて、四方の水平線を見た。目にはいったのは、〈ダイアモンド・ウェーヴ〉というパナマ船籍の給油船だけで、機関を運転したまま、真正面五〇〇ヤードで静止していた。

波はほとんどなかった。昇ったばかりの太陽に余の目が慣れるまで、しばらくかかった。できれば夜間に浮上したかったが、そうするとこの作戦がもっと困難になる。発見されるおそれはないだろうと、余は判断していた。ここを選んだのは、孤絶した水域だからだ。一般の航路からは遠く離れているし、陸地から一〇〇〇海里離れた海の一点をアメリカの衛星が監視しているはずはない。

　副長があがってくると、余はいった。「艦船の往来はどんな具合だ？」

「船舶位置情報によれば、もっとも近い船はコンテナ船〈ルカウト・ベイ〉で、われわれの一二〇海里北です。それがここの五〇海里以内を通過することはありません」

「よし」場所の選定が正しかったことに満足して、余は答えた。「給油船に横付けしろ」

〈武宋〉は、乏しいバッテリー残量を使って、給油船にゆっくりと接近した。〈武宋〉は039A型ディーゼルエレクトリック潜水艦で、非大気依存推進《AIP》というテクノロジーにより、シュノーケル航走で空気を取り入れることなく、長期間潜航できる。その設計により、原潜よりもずっと静かに行動できる。ディーゼルエレクトリック潜水艦のバッテリー航走はほとんど無音だが、原潜は炉心溶融を避けるために、たえず冷却水ポンプを運転しなければならない。

　欠点は航続距離だった。原潜は原子炉の燃料を交換せずに、地球を何周もできるが、ディーゼル燃料はやがて尽きる。

〈武宋〉は、二日間、ディーゼル燃料で潜航し、前日の朝にタンクが空《から》になった。バッテリーも残量がどんどん減った。中国沿岸を警備するための潜水艦で太平洋を横断するのは、きわめてリスクが高かったが、余はこの任務のために進んでそのリスクを取った。

今回の作戦は、中国人民解放軍海軍の指揮系統とは無関係に行なわれる秘密任務だった。余はそのために、全員が志願者の乗組員をみずから選抜した。自分たちがなにをやることになるのか、乗組員は承知していた。発見されたり、捕らえられたりしたときには、叛乱者か売国奴《ばいこくど》として、再教育キャンプに送られる。いっぽう余のほうは、事態が悪化したときには関与を否定できる仕組みにしておき、上官に累《るい》が及ばないようにしつつ、自分の大切な軍歴も護るつもりだった。

余には、この作戦のために攻撃原潜を使用する権限がなかったが、ディーゼルエレクトリック艦なら調達できる影響力があった。余は数十年間、潜水艦長をつとめたあと、北京の海軍司令部に転属された。だが、接触してきたザカリア・テイトに、死んだ弟のために復讐できるような物証を見せられて、この任務を手配した。

何年も前のことだが、弟の余恬《ユー・テエン》は、駆逐艦〈成都《チョントウー》〉の艦長だった。ところが、〈成都〉は不可解な状況で沈没した。橿と恬の余兄弟は仲がよく、ほぼ同時に海軍に入営し、どちらが先に昇級するかを競い合った。恬は水上艦を選び、橿は潜水艦部隊にはいった。

恬は優秀な艦長だったので、〈成都〉が沈没したと聞いたとき、檀は衝撃を受け、打ちのめされた。貨物船に追いつき、臨検のために乗り込み隊を出すところだというのが、最後の報告だった。そのあと、〈成都〉は忽然《こつぜん》と消滅した。残骸を発見するまで六カ月かかり、船体がミサイル、魚雷、砲撃で穴だらけになっているとわかった。

その貨物船によって〈成都〉が大破して沈没したのだという噂《うわさ》が、だいぶ前からひろまっていた。ありえないと余は思ったが、それでも調べてみて、なにも突き止められなかった。その不定期貨物船は、架空の世界で消え失せたような感じだった。

そこへテイトが現われて、オレゴン号というスパイ船の仕業であることを示す証拠を見せた。テイトの以前の同僚で、元CIA工作員のファン・カブリーヨが、その船を指揮しているという。

〈成都〉が南シナ海で沈没する前に、特徴が一致する男と船が香港を出航したことを、余は確認し、テイトの主張は信じられると判断した。そのあとでテイトが持ちかけたのは、とうてい断れない魅力的な提案だった。ようやく弟の復讐を果たすとともに、中国軍のために新型の音響兵器を手に入れることができる。

テイトがオレゴン号を沈没させるのを手伝えばいいだけだ。

〈武宋〉が給油船のそばで停止した。乾舷《かんげん》が低い潜水艦から見あげると、給油船はまるで摩天楼《まてんろう》のように見えた。給油船の乗組員が、ブームに取り付けたホースを繰り出し、潜水艦の水兵がホースをすばやくクランプに固定して、空のタンクに燃料を注入しはじめた。

「上将」無線機を耳から離しながら、副長が笑顔でいった。「給油船の船長が、新鮮な果物と魚も渡してくれるといっています」

「すばらしい」余はいった。「感謝していると船長に伝えてくれ」二週間も缶詰の野菜と米飯だけを食べていたから、士気の高揚に役立つにちがいなかった。

小さなクレーンがいくつもの木箱を潜水艦の甲板におろすと、水兵たちが貪欲《どんよく》に箱をあけて、うれしそうに中身を手渡しでハッチから運び込んだ。

なにもかもが順調に進んでいたが、やがて副長が警戒する表情でふりむいた。

「上将、給油船が二海里離れたところにいるヨットを発見しました。かなり小さいので、一分前にやっとレーダーで探知したそうです」

余は、自分の悪運を呪《のろ》った。中国の潜水艦が南太平洋にいると、ヨットが報告したら、アメリカ海軍の注意を喚起する。そうなったら、アメリカは南米の同盟国に警戒を呼びかけるだろう。

「ヨットの針路は?」

「北です。世界一周の旅で、ホーン岬を通過し、イースター島に向かっているところです。現在の速力だと、十分以内に見えるでしょう」

いまは巨大な給油船の蔭になっているが、ヨットがこのままの針路で進むと、タンカーの船尾側を通過したとたんに、ヨットのクルーは〈武宋〉を発見するはずだ。

余は決断しなければならなかった。ヨットを撃沈すれば、行方不明とされるだろうが、潜水艦がいることを船長が通報するのをぜったいに防げるという保証はない。一《いち》か八《ばち》かに賭けるべきではない。復讐のために、これから八〇〇〇海里、航行しなければならないのだ。

「燃料はどれくらい積むことができた?」

「四分の三です」副長が答えた。

「じゅうぶんだ」余はいった。「給油船の船長に、復路で給油できるように待っていてほしいと伝えてくれ。一週間後にここにわれわれがいなかったら、戻れなかったものと思うように、と」

副長が、重々しい目つきで余を見てから、うなずいた。「了解しました、上将」

「燃料ホースを切り離せ。潜航準備」

水兵たちが走りまわって作業を終わらせ、艦内にはいった。自分が最後のひとりだというのを確認すると、余はラッタルをおりて、発令所にはいった。

「緊急潜航！」余は命じた。

クラクションが鳴り、バラストタンクに注水された。〈武宋〉が水面下に滑り込むあいだ、余は潜望鏡で観察した。潜望鏡が波に呑《の》み込まれる直前に、ヨットの先端が見えた。姿を見られることなく、〈武宋〉は潜航することができた。

つぎの中継点でテイトと会合《ランデヴー》し、それから、ようやく長年の恨みを果たすためにオレゴン号を撃沈する。

「ティエラ・デル・フエゴに針路をとれ」余はいった。「最大戦速だ」

48

アマゾン川の河口付近

オレゴン号がアマゾン川を出て大西洋に戻るまで、丸一日かかった。マイケル・ブラッドリーがアメリカ軍武官に連絡して、本国に戻る飛行機を手配できるように、途中で一度だけ、マカパに寄港した。ブラッドリーは勇敢で適格だが、カブリーヨはこれ以上、乗組員以外の人間を危険にさらしたくなかった。帰国したら、ブラッドリーは海軍の質問攻めに遭うにちがいないが、なんであろうと話す必要があることは明らかにしていいと、カブリーヨは一任した。

ブラジル沿岸から無事に遠ざかると、カブリーヨはマーク・マーフィーの船室へ行って、ドアをノックした。ふだんなら、船室からヘビメタの爆音と、一人称視点シューティングゲームの爆発音が聞こえてくるはずだった。ところがいまは、なんとなく聞きおぼえのある映画の台詞《せりふ》のかけ合いらしきものが聞こえていた。

マーフィーが叫んだ。「ドアはあいてますよ!」

カブリーヨがなかにはいると、マーフィー、エリック、ハリが、ワイド画面テレビで映画を見ていた。食べかけの食事や〈レッド・ブル〉の空き缶でいっぱいのトレイが、黒い革のソファのまわりに散らばり、マーフィーとエリックが床に座って、ソファにもたれていた。エリックは膝にノートパソコンを載せ、もう一台をそばの床に置いていた。ハリはソファに座って、クラブサンドイッチを食べていた。

「映画鑑賞の夜を邪魔しているのかな?」画面を見ながら、カブリーヨはいった。そのとき、映画が『プリンセス・ブライド・ストーリー』だと気づいた。ただ、男性の主要登場人物の顔がすべて、シュレックに変わっていた。緑色の怪物が「やあ、おれはモントーヤだ」というのは奇妙だったが、特殊効果は完全で、継ぎ目は見えなかった。

「やあ、会長」マーフィーがいった。「ハリが、ディープフェイクのテクノロジーを手伝ってくれたんです。テイトがボイスチャットで身許を隠すために使ったやつですよ」

「今回、わたしの顔にしていないだけましだな」

「なんでも望むものに置き換えられるかどうか、試したかったんです」ハリがいった。

「目的は？」

エリックが上半身を起こして、ボタンダウンのシャツとチノパンからパン屑を払い落とした。「放射線科医を騙《だま》して、患者がガンにかかっていると思い込ませるようなマルウェアが使われているというのを、新聞で読んだんです。MRIやCTの画像をコンピューターで検査するときに、ディープフェイク・ソフトウェアを使って、画面に腫瘍《しゅよう》が表示されるようにするそうです」

「逆に、画像に映っている腫瘍を完全に消してしまい、ガンはないと放射線科医が思い込むように仕向けることもできます」ハリがつけくわえた。

カブリーヨは首をふった。「恐ろしい話だが、それがわれわれにどう影響してくるんだ？」

「マーフィーとぼくは、動画チャットデータの流れにマルウェアを忍び込ませることができると思っているんです」エリックがいった。「目的は、テイトのディープフェイク・テクノロジーを無能化することです。チャットのフィードバックループを使って、テイトに気づかれないようにソフトウェアを起動する方法をひねり出すのを、ハリが手伝ってくれました」

「ディープフェイクが無能化されたことに、テイトは気づくだろう?」

ハリが、肩をすくめた。「こちら側を無能化し、テイトの側が機能しているように見せかけることができると思います」

「よくやった、三人とも」そのマルウェアがもたらす可能性をあれこれ考えながら、カブリーヨはいった。「その使いかたについて、ひとつ案がある。完成して使えるようになったら、教えてくれ。さて、きみたちが本来やることになっていた仕事のほうは、どんなぐあいかな?」

マーフィーが、すみませんというように両手をあげた。「ホルヴァートのノートに書いてあることを翻訳する作業は、思っていたほど単純じゃなかったんです。手書きに癖《くせ》があって、ハンガリー語をスキャナーが読み取りづらいんですが、もっと厄介なのは、ホルヴァートが符丁《ふちょう》のようなものを使っていることです。解読アルゴリズムを書いたので、いまそれで解読しているところです。三十分後にはできあがるでしょう。完成度は約束できません。カビだらけのページもあるので」

「艦長の日誌は?」

エリックが、書類の束を渡した。「これです。会長にメールでも送りましたよ。興味深い部分があります」

「マーフィー、解読が終わったら、ドク・ハックスリーのところへ行って、音響眩惑装置の効果を無効にする方法を考えてくれ。なんらかの防御策なしで、ふたたびテイトとまみえることはできない」

「マルウェアのほうもつづけたほうがいいんですね?」ハリが自分とエリックを指差してきいた。

「そうしてくれ。機能するようになったらすぐに知らせてくれ。それからテイトに電話をかける」

カブリーヨは、そこを出て自分の船室へ行き、〈ブレーメン〉艦長の日誌を一時間かけて読んだ。かなり手間がかかり、たえずインターネットで検索して確認しなければならなかった。

ほぼ終わりかけたときに、ドアにノックがあった。「どうぞ」オーヴァーホルトが、コーヒーを注いだマグカップをふたつ持って、はいってきた。カブリーヨが席を勧めると、オーヴァーホルトはカブリーヨの前にマグカップを置いた。

「これがほしいだろうと、モーリスがいったんだ」オーヴァーホルトはいった。

「ほんとうにありがたいですよ」カブリーヨは、芳醇なブラジルコーヒーをひと口飲んだ。「モーリスには、乗組員が必要なものを予想する第六感が具《そな》わっているらしい」

「じつに面白い人物だ。さっきまで二時間、情報交換していた。わたしはCIAの話、モーリスは英海軍の話だ」オーヴァーホルトは、ウィンクをした。「もちろん、伏せるべきところはそれなりに変えたがね」

「その話が聞けなかったのが残念です。これを読むのに追われていたので」

カブリーヨが日誌を渡すと、オーヴァーホルトがぱらぱらとめくった。なかほどで手をとめた。

「この船名は知っている」オーヴァーホルトがいった。「〈キャロル・A・ディアリング〉。どうして憶えているのかな？」

「解決されていない海の謎だからですよ。いままでは、ということですが」

オーヴァーホルトがゆっくりとうなずいた。「乗組員がひとりも乗っていない状態で、東海岸に現われた船か？」

「ノースカロライナ州のハタラス岬で、浅瀬に乗りあげたんです。乗組員が船を棄てたことについて、さまざまな推論がありました。嵐に叩きのめされたとか、乗っ取られたとか、叛乱が起きたとか。説得力がある推論は、ひとつもなかった。いま、答がわかりました」

「どんな答だ？」

　カブリーヨは座りなおして、4Kのスクリーンに映っている大海原《おおうなばら》の動画を眺めた。

「この日誌によれば、一九二〇年代初頭、〈ブレーメン〉は東海岸沖を南北に往き来して、貴重な貨物を奪っていたようです。しかも、砲弾は一発も発射せずに。不用心な船舶に向けて、音響眩惑装置を発射するだけで、乗組員は海に跳び込むか、自殺した。〈ブレーメン〉は封鎖突破艦だったので、奪った貨物を積むのにじゅうぶんなスペースがあったんです」

「犠牲になったのは〈ディアリング〉だけではなかったようだな」

「そうなんです」カブリーヨは答えた。「その時期に、不可解な状況で沈没もしくは行方不明になった船が七隻あり、〈ブレーメン〉艦長の日誌の記載と一致しています。しかも、アメリカ沿岸だけで、それだけあります。〈ブレーメン〉は、疑惑が大きくならないように、しばしば狩場を変え、カリブ海や南米にも手をひろげていました。やがて、〈ブレーメン〉の襲撃は、一九二二年に途絶えました」

「なにが起きたんだ?」オーヴァーホルトはきいた。

「伝染病です。彼らはアマゾン沿岸を基地に使っていた。日没後に上流へ行って、貨物を通常の貨物船に移し替え、世界各地の港へ運ばせていたんです。しかし、一九二二年夏、彼らが取引していた船のうちの一隻が、エボラ熱かなにかの出血性疾患をもたらした。数日のあいだに乗組員がすべて死んだんです。音響眩惑装置を発明したハンガリー人科学者だけは、運べるだけの食糧を持って、ジャングルに逃げた」

「そして、全員が死んだあとで、アマゾンの分流の流れが変わり、潜水艦はジャングルのぬかるみに埋もれた」オーヴァーホルトは、物事の推移に感嘆しながらそういった。

「マーフィーがハンガリー人科学者のノートの解読を終えたら、音響眩惑装置が実在する証拠を用意できます。CIAに戻って名誉を挽回《ばんかい》するのにじゅうぶんなはずです」ブラッドリーの場合とおなじように、旧友で師のオーヴァーホルトが必要以上に長くオレゴン号に乗っていて危険にさらされるのは避けたいと、カブリーヨは考えていた。ポートランド号がどこかにいるし、テイトはこちらを捜し出し、オレゴン号を撃沈したいと思っている。

オーヴァーホルトは、首をふった。「こういう地位に昇りつめると、どうしても敵を作ってしまうものなんだ。バラードが植え付けた作り話はよくできている。何年もかけて育てたものだからな。テイトは闇《やみ》口座から数十億ドルを横領し、わたしに罪を着せている。CIA本部《ラングレー》には、自分たちの出世に役立つようなら、わたしが売国奴だという作り話を信じるのにやぶさかでない連中がごまんといる。それに、わたしを信じているひとびとも、ＣＩＡがスキャンダルにさらされるのは望まないだろう。嵐を乗り切るあいだ、彼ら自身の評判も危険にさらされるわけだからね」

「では、わたしたちになにができますか？」

「テイトを阻止しなければならない。あるいは、〈カンザス・シティ〉を沈没させたのはテイトだという、動かぬ証拠を見つける必要がある」

「音響眩惑装置の設計図――」

「――では、じゅうぶんではない。たしかに、生き残った乗組員は、捜査官に症状のことを話すだろうし、乗組員とともにきみたちに救われたことを、マイケル・ブラッドリーが証言してくれるだろうが、それも陰謀の一部だと思われるにちがいない。もっと確実な証拠が必要だ」

カブリーヨは座りなおして、エリックとハリが完成させたディープフェイク・マルウェアのことを考えた。

「問題の解決策があるかもしれません」カブリーヨはいった。「裏チャンネルで、ＮＵＭＡに連絡する必要があります。そろそろ、ダーク・ピットに借りを返してもらう潮時です」

49

南大西洋

カブリーヨがなにか役立つものを持ち出す前に、〈ブレーメン〉を破壊したのであればいいがと、テイトは思っていた。だが、確信はなかった。したがって、音響眩惑装置でオレゴン号を無力化するという方法には頼れなくなった。しかしながら、カブリーヨがあそこにいたのは、ヒメネスがUボートを発見する手がかりになる情報をあたえたからにちがいない。もっと早く〈ブレーメン〉を捜して爆破すべきだった。そういうたぐいの過ちを犯すと、テイトは胸がむかむかする。二度と敵を見くびらないようにするつもりだった。

カブリーヨとその乗組員が、音響眩惑装置への対抗手段をすぐに開発する可能性は低いとはいえ、ありえないとはいえない。カブリーヨがおなじ装置を作りあげる可能性もあるが、それには数週間か数カ月かかるだろう。とはいえ、それはどうでもよかった。ポートランド号は音響の影響から護られている。

スーパー兵器に頼れなくなったが、テイトにはオレゴン号を撃沈する予備の計画があった。テイトは部下とともにモンテビデオに空路でひきかえし、ポートランド号をただちに出航させるよう命じた。会合《ランデヴー》に遅れてはならなかったからだ。

「時刻どおりだな」ポートランド号のオプ・センターのメイン・スクリーンで全長五八メートルのミサイル艇を見ながら、テイトはいった。

「いい艇《ふね》ですね」パーヴェル・ドゥルチェンコがいった。しわがれ声のロシア人副長は、画面を惚《ほ》れ惚《ぼ》れと眺めた。「自分の艇を持つのは、ほんとうに久しぶりです」

「約束したとおりだ」テイトがそういってから、ファルークのほうを向いた。「音響眩惑装置作動準備」

「アイ、司令官」ファルークがいった。「すべて準備よし」

　イスラエル製のレシェフ級ミサイル艇は、大西洋を横断して新しい保有者のチリ海軍に引き渡されるところだった。有名な海戦にちなんで〈アブタオ〉と命名された。当初、南アフリカ向けに建造された一隻で、南アフリカ海軍で四十年間、就役していた。かなり改造がほどこされたそれをチリが購入し、現有の同型艇三隻を増強することになっている。

小型艇にしては、〈アブタオ〉は堂々たる兵装を誇っている。ハープーン対艦ミサイル四基を発射でき、OTOメララ七六ミリ六二口径砲二門と、エリコン二〇ミリ機銃二門が追加されている。ただ、納入前であるため、兵装はまだ搭載されていなかった。バルパライソに到着してから、再艤装《さいぎそう》が行なわれる予定だった。

通常、レシェフ級ミサイル艇は、乗組員四十五人を必要とするが、南アフリカ海軍は〈アブタオ〉に自動操縦装置を取り付けて、短期間、十二人だけで航海できるようにした。

テイトの目的にうってつけだった。

〈アブタオ〉が、ポートランド号の一海里以内を通過しているときに、テイトはいった。「眩惑装置発射。最大出力」

「発射しています」ファルークが答えた。

数秒のあいだ、何事も起こらなかった。やがて、〈アブタオ〉の主機四基が突然、停止し、艇首が波間に落ちた。一分後、ひとり目の乗組員が甲板に現われた。さらに何人もが、混乱し、わめきながら、走りまわった。十二人がひとりずつ海に跳び込み、ついに艇内にはひとりもいなくなった。

「あれで全員か？」テイトはきいた。

ドゥルチェンコがうなずいた。「名簿によれば十二人です」

「よし。主機までとめてくれたのはありがたい。部下を連れていって、ポートランド号に横付けさせろ」

「アイ、司令官」ドゥルチェンコがいって、オプ・センターを出ていった。

ドゥルチェンコが〈アブタオ〉へ行くあいだに、テイトはバラードに近寄って、片腕で抱いた。「余上将はどういってきた？　いい報せだろうな？」

バラードが、弱気な笑みを浮かべて、タブレットに届いたメールを読みあげた。

「ティエラ・デル・フエゴに四日後に到着予定」

「作戦のつぎの段階の翌日だな。それでいい」

バラードが声をひそめた。「挫折《ざせつ》があったのを気にしていないみたいね」

「こういうことは、望んだとおりにぴったり進むとはかぎらない」テイトはいった。

「きみはカブリーヨの師のラングストン・オーヴァーホルトとは密接に仕事をやってきたが、カブリーヨ本人とはあまり接点がなかった。あいつは手強《てごわ》い相手だ」

「彼が〈ブレーメン〉どころか、〈カンザス・シティ〉を見つけられるとは、思ってもいなかった。第六感でも具えているのかしら？」

「あいつはスーパーヒーローではない。わたしとおなじ、ただの人間だ。だが、きみも見てきたように、あいつには大きな弱点がある。友人や無辜《むこ》のひとびとが苦しむのを見るのに耐えられない。だから、この作戦をやることにしたんだ。万一の場合の予備が必要だという予感は正しかった。心配するな。きっとうまくいく」

バラードの笑みが、明るくなった。「余上将に、ティエラ・デル・フエゴ付近の島々に到達したら、無線連絡できるように浮上してほしいと伝えてある。弟を殺した船に早く会いたくて、うずうずしているようだったわ」

「お人好しを演じることにしたら、とどめの一発は余に撃たせてやってもいい」バラードが、疑いの目を向けたので、テイトはつけくわえた。「冗談だよ。その楽しみは、ひとには譲れない。余には、カブリーヨをわたしの待ち受けている腕のなかに誘導する役目を割りふるつもりだ」

数分後に、ドゥルチェンコが、〈アブタオ〉から連絡してきた。

「司令官、海に跳び込む前に乗組員がつけた軽微な傷があるだけで、完全に運用できる状態です」

「聞いたか？」テイトは、にやにや笑って、バラードにいった。「わたしが計画したとおりになった」

テイトは、再補給を行なうために、〈アブタオ〉をポートランド号に横付けするようドゥルチェンコに命じた。いまは非武装だが、まもなく兵装を搭載する。テイトが沈没させなかったら〈マンティコラ〉が積み込むはずだったコンテナには、ミサイル艇を戦闘可能にできる装備と弾薬がすべて収まっていた。補給用の燃料もあった。

バラードが口にした挫折にもかかわらず、テイトは自分の艦隊が増強されることに満足していた。これで強力な艦隊を指揮できる。三隻が勢揃いすれば――ポートランド号、〈武宋〉、〈アブタオ〉――音響眩惑装置があってもなくても、オレゴン号を撃沈するのにじゅうぶんすぎるほどの火力になる。

〈アブタオ〉に燃料を補給し、兵装を搭載すると、テイトは南米大陸の南端と、チリの海岸線の膨大な群島を目指した。ひろびろとした大海原では、オレゴン号を待ち伏せ攻撃するのは難しい。カブリーヨは狡知《こうち》に長《た》けているから、容易には罠《わな》にかからないだろう。オレゴン号を封じ込められるような水域でなければならない。ティエラ・デル・フエゴの周辺の迷路のように入り組んだ水路と群島が、テイトの計画にぴたりと適合した。

あとは、適切な餌《えさ》があればいいだけだった。クルーズ船を使うことも考えたが、千人以上の乗客と乗組員を捕らえて閉じ込めるのは、手に余る作業だろう。もっと小さく、人質にうってつけの乗組員が数人しか乗っていない船を、テイトは見つけていた。しかも、アメリカ船だから、カブリーヨはぜったいに救出しようと急行するはずだ。

「〈ディープウォーター〉は、まだ港内にいるか？」テイトは、バラードにきいた。

バラードがキーボードを叩き、念のため一週間以上前に〈ディープウォーター〉にこっそり仕掛けた追跡装置を確認して、うなずいた。「港のコンピューターシステムによれば、プンタアレナスにあと二日入港している予定よ。そのあとはアラカルフェス国立自然保護区に向けて出発し、十二日後に戻る予定です」

テイトは地図を見て、チリ南部でもっとも人口が多い都市のプンタアレナスを指差した。ポートランド号の現在位置から二日で行ける。〈ディープウォーター〉に追いついたとき、もっとも近い沿岸警備隊基地から一〇〇海里離れているはずだった。

そこで、〈ディープウォーター〉を捕らえる。調査船の〈ディープウォーター〉にふり切られる気遣いはない。

NUMAは〈ディープウォーター〉を、高速船として建造してはいない。

50

ブラジル沿岸を南下中

カブリーヨが最後にテイトおよびポートランド号とまみえたのは、ブエノスアイレス港だった。そこで、ポートランド号と邂逅《かいこう》できるかもしれないと期待して、最大速力でその方角へ向かった。いまごろは数千海里離れている可能性があるということは承知していたが、ほかに手がかりとなる情報がなかったので、テイトから嘲《あざけ》るメッセージが届くまで海のどまんなかで無益に時を過ごすよりはましだと思った。

医務室にカブリーヨがはいると、マーフィーとジュリア・ハックスリーがいて、診察台に何枚もの紙がちらばっていた。ふたりとも、二時間くらいしか寝ていないように見えた。

「徹夜してもなにも成果がなかったのでなければ、いいんだがね」カブリーヨはいった。「ハンガリー人のノートに役に立つ情報があったといってくれよ」

「そうでなかったら、わざわざあなたを呼ばないわよ」ジュリアがいった。

マーフィーが小首をかしげて、ジュリアの言葉にほとんど賛成できないことを示した。「まあまあの情報ですよ」ジュリアに向かっていった。「あまり期待を持たせたらだめだよ」

「エリックとハリに先を越されたくはないだろう?」カブリーヨはきいた。

「ああ、わかってますよ」マーフィーが、気弱にいった。「ディープフェイク・マルウェアで、飛躍的進歩《ブレークスルー》があったと聞きました」

「テイトのつぎの動画チャットを受ける準備ができているそうだ」

「それが、わたしたちにどう役立つの?」

今度は、カブリーヨが期待を持たせないように話さなければならない番だったので、曖昧《あいまい》にいった。「テイトが調子を合わせた場合に、わたしたちの名誉が挽回されるようなものを仕掛けた」

「言葉尻を捉えられないように、ごまかしてるみたいね」ジュリアがいった。

「びっくりさせられるのが待ち遠しい」マーフィーがいった。「でも、おれたちも音響眩惑装置に対抗できそうなものを見つけましたよ」

「装置を無力化する方法か？」カブリーヨはきいた。

「一部ですけどね。ホルヴァートのノートは、おれが思ってたよりも解読が厄介でした。それに、カビで読めなくなってるところもあったので、完全じゃないです。手持ちの情報では、テイトの音響兵器とそっくりおなじものは作れない。でも、装置が機能する原理については、おおまかに書いてありました。ドクに説明してもらいます」

ジュリアが、数式や波形が描かれた紙を取りあげた。カブリーヨには、数字や文字を乱雑にメモして、くねくねした線を描き添えてあるだけのように見えた。

「これは音響眩惑装置から発生する共鳴性超低周波不可聴音を表わしているの。強力な振幅で発信されているけれど、超低周波なので、人間の耳には聞こえない。この音波が内耳に当たると、震動を引き起こし、重大な心理的影響をあたえる。神経伝達物質が発生して、脳を〝闘争か逃走〟モードに変える。要するに、精神が極度のパニック状態に陥る」

「つまり、気が変になるんですよ」マーフィーが、あっさりといった。「でも、信号が耳を襲っているあいだだけです。だから、音がとまれば、あっというまに効果が消える」

「どうして船内の全員に影響があるんだ？」カブリーヨはきいた。

「不加聴音がきわめて強力なので、船体そのものが共振器になり、おそらく増幅器にもなる。例の潜水艦でもそうだったんでしょう。水中で眩惑装置に攻撃されたんだから」

「対抗手段はあるのか?」

マーフィーが、また首をかしげた。「あるかもしれません。船体をおなじ周波数で振動させることができれば、波形を相殺《そうさい》できる」

「しかし、それには馬鹿でかい音をたてなければならない」カブリーヨはいった。

「そして、それくらい大きな音が出せる装置は、ソナードームしかない」マーフィーはいった。「ソナーの音波が船体に向けて発せられるように、改造する必要があります」

「つまり、もうソナーとしては使えなくなるわけだな」カブリーヨは、マーフィーがこの解決策に乗り気ではない理由を察した。

マーフィーが首をふった。「あちらを取れば、こちらが立たず、ですよ。しかし、乗組員すべてが発狂するよりはましでしょう。明るい面は、入港しなくてもやれることです。航行中に改造できます」

「われわれのソナーを兵器として使うことはできるか?」

「付近にソナーがあれば、妨害できるかもしれません」マーフィーはいった。

「でも、わたしたちが味わったような効果を引き起こすことはできません」ジュリアがつけくわえた。

カブリーヨは、選択肢を考えた。「われわれがこの対抗手段を用意したとして、テイトがまた音響兵器を使ったら、どういうことになる？」

「影響が軽微であることを願っています。気分が悪くなったり、興奮したりするかもしれませんが、完全に頭がおかしくなることはないでしょう。理論上はそうですが、じっさいに経験してみないと、知るすべはありません」

この分析に、かもしれない、願っている、〜たら、という言葉が多すぎるのに、カブリーヨは気づいた。要するに推論の段階なのだ。しかし、カブリーヨはふたりの能力を信じていた。それに、ほかに方法がない。

「ソナー改造は、わたしが許可する」

「それじゃ、さっそくはじめます」マーフィーがいった。数式や図が描かれている紙と、必要な装置を持って、医務室を出ていった。

「ほんとうにこれがうまくいくと思っているのか？」カブリーヨは、ジュリアにきいた。

「さあ。全乗組員に影響がないようにできれば、うまくいくでしょう。音は頭蓋骨《ずがいこつ》を伝わるので、イヤマフや耳栓ではだめなんです。耳が聞こえないようにするのならべつだけれど、できることはこれしかないと思います。これは最善策です」

カブリーヨの携帯電話が鳴った。マックスからメールが届いていた。

〝オプ・センターに来てくれ。見せたいものがある〟。

「すこし休め」カブリーヨはいった。「だいぶ疲れているみたいだ」

ジュリアが、元気のない笑みを浮かべた。「その前に船艙から医薬品を持ってきて、病室に補充しないといけないのよ。それが済んだら、仮眠をとるわ」

「ずっと働かせて、気の毒だった」

「埋め合わせに、ビーチで休暇をとらせてもらおうかしら」茶目っ気のある笑みを浮かべて、ジュリアはいった。

「みんな、そうしたほうがよさそうだ」

カブリーヨが出ていくとき、ジュリアは医薬品の在庫を調べていた。

カブリーヨがオプ・センターに行くと、マックスが機関ステーションに座っていた。

「なんの用かな?」カブリーヨはきいた。

マックスが、はっとして見あげた。仕事に没頭していると、マックスは周囲がまったく目にはいらなくなることが多い。

「わたしはいつメールを送った？」

「二、三分前だ」

マックスが、両眉をあげた。「誓っていうが、三十分前だ」

「つまり、面白いものを見つけたんだな？」

「そうとも。ポートランド号だ」

「それがどうした？」

「オレゴン号と瓜《うり》ふたつだと、あんたはいったな？」

「わたしが見た限りでは、完全な複製のようだった。もちろん、テイトはわれわれとはちがって、装飾のセンスはないが、機能的にはおなじだと思う。オプ・センター、ムーンプール、装備、兵装。メタルストームだけはない。われわれがあとで追加した武器だからだ」

「つまり、機関もおそらくおなじだな」マックスはいった。

カブリーヨは、肩をすくめた。「あんたが設計したものを、テイトが改良したとは思えない。そういう機械工学のノウハウや創造性が、やつにはない。いったいなにがいいたいんだ？」

「オレゴン号の推進機関は、唯一無二のテクノロジーだ。いや、かつてはそうだった。いまは、おなじ電磁流体力学エンジンを備えている船が、世界にもう一隻ある。これを聞いてくれ」

マックスが、SF映画のレーザー戦のような音を再生した。さまざまな音程の鋭い音が、たてつづけに往復していた。

「映画『スター・ウォーズ』最新版の予告編か?」カブリーヨはきいた。

マックスが、首をふった。「ヴァンアレン帯の内側を周回している衛星のセンサーが記録した音だ。雷の電光が大気中で電磁パルスを発生させ、それが北極と南極のあいだを行き来する。光信号を可聴音に変換すると、こういう音になる。ウイスラー波と呼ばれるものだ。原子炉の電磁波遮断器内にもある」

マックスが、べつの録音を再生した。最初の録音とよく似た音だったが、間隔がそれほど短くなく、音程も低かった。

「またウイスラー波か?」カブリーヨはきいた。「それで?」

「これはわれわれの推進機関の音だ。強力な電磁コイルが超冷却され、ベンチュリ管内の海水を加速させる。そのときに、副産物としてウイスラー波が生じて、大気と反応する」

マックスがいおうとしていることを、カブリーヨはようやく悟った。

「つまり、ポートランド号もこの波を発生させているというんだな？　われわれはそれを探知できるのか？」

マックスが、にやりと笑った。「ああ。それどころか、われわれはそいつを探知できる唯一の船なんだ」

「どうして？」

「この音波はきわめて弱いので、感度がものすごく高い特殊な装置がないと、長距離から観測することはできない。それに、その計器は、艦船に搭載されているよりも安定した状態でなければならない。しかし、われわれの機関はポートランド号とおなじなので、ウイスラー波の大気効果によって、たがいに共鳴する。共鳴音はきわめて弱いが、ポートランド号との距離に近似するように、機関の計装（検出・観測・測定・データ処理などさまざまな目的のために計器やシステムを設計・製造・利用すること）を調整した。方角は判断できないが、近づいているのか、それとも遠ざかっているのかはわかる」

「使えそうだな」カブリーヨは、にやりと笑っていった。「待てよ。機関を〝調整した〟といったな？　もうやったのか？」

「あんたが許可するはずだと思ったんだ。それに、話をする前に、うまくいくかどうか、ためしたかった。つまり、うまくいったのさ」

カブリーヨは、マックスの背中をどやしてわらった。

「わたしを驚かせたかったんだろう?」

「たしかに楽しい。めったにないことだからな」

「それで、テイトはどこにいる?」

マックスは、南大西洋の地図を呼び出した。「数時間前から追跡している。わかっている範囲では、二五ノットで西に向かっている」

「あまり急いでいないということだな」ポートランド号は、オレゴン号とおなじように、その倍の速力を出せる。カブリーヨは、ポートランド号の進路《パス》をなぞった。「このままだと、フォークランド諸島かホーン岬に達する」頭のなかで計算した。「われわれの現在の速力だと、追いつくのはティエラ・デル・フエゴ付近だな」

「やつが針路を変えなければ、そうだな」マックスがいった。「この追跡手段は、あまり精密ではないから、針路変更がわかるまで、すこし時間がかかる」

「これまでは追跡手段がなにもなかったんだから、非常にありがたい。これでテイトに対して、ひとつ有利な点ができた」カブリーヨはふと思った。「われわれがテイトを追跡できるのなら、テイトもわれわれを追跡できるんじゃないか?」

マックスがゆっくりと首をふり、カブリーヨのほうを斜めに見た。「それはありえないね。あんたはいいやつだが、いつもひとつのことを忘れがちだ」

「なにを忘れるっていうんだ？」

「おれがポートランド号に乗っていないことを」

51

チリ、プンタアレナス

　季節は夏だったが、ラショングダ・ジェファーソンは、細かくカールした黒髪の上にスキー帽をかぶり、ピーコートを着て、マゼラン海峡を渡る冷風をしのいでいた。南米大陸本土とティエラ・デル・フエゴのあいだの狭い海峡は、大西洋と太平洋を結ぶ主要航路に使われている。ラショングダはアトランタ出身だが、成人してからはほとんどずっと海で過ごしてきた。最初は海軍にいて、いまはNUMAに勤務している。地球の涯《はて》の凍《い》てつく海よりも、南洋での任務のほうが好きだったが、乗組員にそれを知られたくはなかった。〈ディープウォーター〉船長として、どんな状況にも文句をいわずに堪《た》えなければならない。

　とはいえ、これから行なう任務のために補給品を積み込む作業を一日ずっと監督していたので、早く船内に戻りたいと思っていた。アクアブルーに塗られた全長九八メートルのNUMA調査船は、小ぶりな船体を利して海岸近くで活動できるだけではなく、五十三人の乗組員が船内で快適に過ごせる生活の便益が整っている。ラションダは内心いらいらしながら、指でコツコツと叩いて、甲板の手摺《てすり》にもたれ、人口十万人の街の入用をまかなっている殷賑《いんしん》な港を見渡し、水先人はどこにいるのだろうと思った。

任務に必要な科学機器が一日早く届いたおかげで、予定を早めることができる。しかし、このあたりの海況は予測が難しく、水路が狭いため、チリ当局は、海峡を通過するすべての船舶に、ここの海を熟知している地元の水先人を乗船させるよう求めている。

一年のこの時期は水先人の需要が多く、見つけられれば運がいいほうだと思った。クルーズ船一隻、砕氷船二隻、大西洋航路の貨物船四隻が、他の船とともに入港している。それらに加えて、海峡を通過するだけの船もいた。もちろん、クルーズ船や貨物船は、水先人なしでホーン岬をまわることもできるが、島に護られていない水域は危険が大きいので、ほとんどの船が海峡の穏やかな航路をとる。

一台のランドローバーが走ってきて、〈ディープウォーター〉の横でタイヤを鳴らしてとまった。若い女が跳びおりて、リアシートからダッフルバッグを取った。急いで舷梯《げんてい》を昇るとき、黒髪の長いポニーテイルが揺れた。ラションダのところから見ても、引き締まった体つきで美人なのがわかった。男の乗組員も目を留めるにちがいない。

ラションダは、舷門《げんもん》で彼女を出迎え、手を差し出した。「ラションダ・ジェファーソンよ。〈ディープウォーター〉にようこそ」

女が力強い握手で応えた。「アメリア・バルガスです。どうぞよろしく、船長。遅れてすみません」スペイン語のなまりはあったが、流暢《りゅうちょう》な英語だった。

「来てくれてよかった」ラションダはいった。「きょう港を出たいと思っていたの。まずブリッジへ行って、わたしがとりたい航路を説明するわ。そのあとで、副長に船室へ案内させます」

「それでいいわ」ふたりは船首に近い上部構造に向けて歩きはじめた。上部構造の前の船首には、ヘリコプター甲板がある。そういう配置によって、船尾側には広いスペースができ、クレーン、感知装置類、これから〈ディープウォーター〉がはいり込む人里離れた地域で上陸するのに使う交通艇を搭載できる。

「すてきな船ですね」アメリアがいった。

近くで見ると、バルガスはかなり若く、二十歳になったばかりのようだった。

「ありがとう」ラションダは答えた。「あなたがわたしの船に割りふられたとき、あまり情報が得られなかったの。水先人としての経験はどれくらい？」

アメリアが笑みを浮かべた。「若いように見られるのは、わかってるの。でも、水先人の経験は四年だし、その前は沿岸警備隊に三年いたのよ」

「それじゃ、このあたりの水域をよく知っているのね」

「知り尽くしてるわ。生まれも育ちもプンタアレナスなの。父が漁船を持ってて、わたしが幼いころから、夏中ずっと乗せてくれた。ここからバルパライソまで、すべての入江を見たと思う。腕のいい水先人が来たんだから、安心して」

「だといいわね」ラションダは、アメリアが自信に満ちているのに感心した。「わたしたちは、かなり危険な水域にも行くから」

「やりがいのある仕事は好きよ」アメリアがいった。

ふたりはブリッジにはいり、ラションダはアメリアを乗組員に紹介した。そして、チリ沿岸を北と西に向けて数百海里にわたりひろがっている広大な群島の海図を画面に呼び出した。

「今回の海洋調査活動について、なにか知っている？」ラションダがきいた。

「アラカルフェス自然保護区のクジラの回遊を追跡するんでしょう」

「そのとおり。おもにザトウクジラとシロナガスクジラ。クジラの動きを追えるように、島と島のあいだの水路に聴音ソノブイを設置するの。あと、七カ所でペンギンの集団繁殖地にウェブカムを取り付ける」それらの場所が、赤く表示された。「すべて衛星通信でリンクし、太陽光発電で作動する。カメラはリアルタイムで動画をアップロードできるし、ペンギンの個体数をその地域で記録するつもりなの。そういった場所すべてで投錨して、交通艇で陸地へ行く」

「錨鎖が長いといいんだけど」アメリアがいった。「場所によっては水深が三〇〇メートルを超えるのよ」身を乗り出して、各箇所を指でなぞり、首をふった。

「どうしたの？」ラションダはきいた。「これらの海峡の水先案内ができないの？」

「できる。ただ、これから一週間くらい、そのあたりの気象は予測がつかない」

「暴風雨？」

「いいえ、でも低い雲が全天を覆い、濃い霧が出る条件が揃ってるの。山の……英語ではなんていうのか？」言葉を探すあいだ、アメリアは黙った。「思い出したわ。地勢《トポグラフィー》よ。山の地勢のせいで、いつ霧が出るか、予想が難しいの。突然、霧が発生することがあるから、そうなったら障害物にぶつからないように、かなりゆっくり移動しなければならなくなる。氷河も多いから、そこから分離した氷山にも衝突するおそれがある」

「それなら、早くはじめたほうがよさそうね」ラションダはいった。「持ち物を置いて、十五分後にここに来てくれれば、さっそく出発できる」ラションダは副長に、出航準備をするよう命じた。

ダッフルバッグを持ったアメリアが、船室に案内する乗組員とともに、ブリッジの水密戸に向けて歩いていきながら、ラションダのほうを向いていった。「あなたたちの航路を案内するのに、ひとつだけ利点があるわ」

「どんな利点？」ラションダはきいた。

「ほんとうに孤絶した辺鄙な水域だから」アメリアがいった。「ほかの船には遭わないと思う」

52

ホーン岬

ミサイル艇を乗っ取ってから二日後に、ポートランド号はちっぽけなオルノス島を過ぎて、大西洋から太平洋に出た。〈アブタオ〉が、高さ一〇メートルの波を何度も突っ切りながらつづいていた。いっぽうポートランド号は、強力な機関と大きな船体のおかげで、すこし上下に揺れるだけだった。波頭《なみがしら》がのしあがるたびに、小さなミサイル艇のブリッジで操舵装置を握りしめているドゥルチエンコの姿を、テイトは思い描いた。じっさいは、これでもましなほうだった。海の状態がもっとひどいこともある。ドレーク海峡は、たちの悪い強風が突然吹き荒れたり、巨大な暴れ波が発生したりする、船の墓場として悪評高い。

テイトたちのターゲット〈ディープウォーター〉は、予想よりも一日早く、プンタアレナスから出港したが、予定を大幅に変える必要はなかった。調査船がウェブカムを設置する、自然保護区のもっと北で乗組員を拉致《らち》すればいいだけだ。テイトはすでにウェブにアップされた動画を見ていた。一度、背景に〈ディープウォーター〉がちらりと見えた。じつは、北でやるほうがずっと好都合だった。漁船や観光船に出くわす可能性が低くなる。〈ディープウォーター〉にはひそかに追跡装置を取り付けてあるので、この先、海上で迎え撃つのはいとも簡単なはずだった。〈ディープウォーター〉の位置を示す十字線が、メインスクリーンで明滅している。

オプ・センターの揺れで、すこし船酔いにかかっているバラードがいった。「ザック、オーヴァーホルトの携帯電話に、ファン・カブリーヨがかけてきたわよ」

テイトは、眉をひそめた。電話が逆探知されるのを怖れていたからではない。衛星通信でインターネットを経由し、何度も迂回《うかい》しているので、逆探知は不可能だった。眉をひそめた理由は、その日の後刻に電話をかけて嘲り、予定の待ち伏せ攻撃に誘い込むつもりでいたからだ。

「無視する?」テイトの表情を見て、バラードがいった。

「いや」しばしためらってから、テイトはいった。「いま電話で話をしたほうがいいかもしれない。ディープフェイク・ソフトウェアを使ってつなぐようにしてくれ。わたしと話をするときに、自分の顔を見るはめになるように」

「つないだわ」バラードがいった。テイトの元同僚の顔が、スクリーンに現われた。

「ファン」テイトはいった。「わたしがおまえのことを考えていたと、どうしてわかった？」

「海が荒れているみたいだな、テイト」カブリーヨは憶測を働かせた。「うしろにいるのはキャスリーン・バラードだろう。シーソーに乗っているみたいに揺れている。顔が見えたら、かなり蒼《あお》ざめているのがわかるだろうな」

「われわれがどこにいるか、知りたいんだろう」

「教えてくれてもいいじゃないか」

「鋭いな。教えるつもりだったんだ。ティエラ・デル・フエゴの近くにいる。そっちは？」

カブリーヨは、肩をすくめた。「あんたが見つけやすいように、手がかりを教えるとでも思っているのか？」テイトの言葉尻《じり》をとらえていい返した。

テイトは笑った。「一本とられた。だが、どうでもいい。そっちからわたしを捜しにくるはずだからな」

「そして、また罠にはまるのか？　わたしがそんなに馬鹿だと思っているのか？」

「おいおい、ファン。わたしはおまえをぜったいに見くびらない。だからこそ、おまえを追いかけて川を下るのをやめた。オレゴン号が待ち伏せていて、わたしのヘリコプターを空から吹っ飛ばそうとしているのがわかっていたからだ。ところで、目当てのものは見つけたか？　わたしが〈ブレーメン〉を破壊する前に、見つけることができたか？」

「音響眩惑装置の秘密のことだな？　もちろん、なにもかも発見した」

テイトが鋭い目でカブリーヨを睨んでから、笑みを浮かべ、一本指をふった。「みごとだ、ファン。ブラフかどうか、わたしには読み取れない。まあ、それもどうでもいい」

「われわれはヒメネスを発見した」カブリーヨはいった。「〈カンザス・シティ〉を沈めたのは、ヒメネスを殺したかったからだろう？」

カブリーヨの得意げな顔に、テイトは嘲笑で応じた。「彼が生きていたとすると、わたしの仕事には手抜かりがあったようだ」

「音響眩惑装置を使うべきではなかった。ポートランド号から魚雷を一本発射すべきだった」

「魚雷はすべて、おまえたちのために温存している」

「なるほど」カブリーヨはいった。「〈マンティコラ〉や〈アヴィニヨン〉を沈没させるのに、魚雷は必要なかったわけだし」

「砲やミサイルがあるのに、完璧に機能する魚雷を無駄遣いすることはないだろう？　まあ、それをやったのはオレゴン号だということになっている。おまえの船とまったくおなじ船があるというのを、だれが信じるというんだ？」

「それらの船を撃沈したのがオレゴン号ではないことを、ラングストン・オーヴァーホルトが知っている」

「だが、オーヴァーホルトは死んだ」

その言葉がカブリーヨの怒りを誘った。昔の師の名前を聞いて、カブリーヨが顔を真っ赤にした。

「彼を殺す必要はなかった」

「おいおい、ファン。わたしたちはアメリカ政府に恩を売ったんだ。オーヴァーホルトは、非合法活動資金を数十億ドル横領したんだ」

「それはバラードが仕込んだ偽の証拠だ」

テイトは、そのとおりだといいかけたが、思いとどまった。カブリーヨが証言をとろうとしているのだと見抜き、巧みな誘導尋問に心のなかで拍手した。

「頼むよ、ファン。恥を知れ。無駄なあがきだ。アメリカ政府に対する犯罪を行なったと、わたしが自白するとでも思っているのか。この動画をだれかに見せたら、自分の罪を立証するようなものだぞ」

カブリーヨは笑みを浮かべた。「やってみても損はない」

「まあ、そうだが、それはさておき……わたしが電話をかけようと思っていた理由について話そう」

「満足感にひたるためか？」

「それはいつだって楽しいが、そうではない。そろそろ再会する潮時だ。そんなわけで、船を乗っ取り、乗組員を人質にとることにした。おまえはこっちに来て、奪回すればいいだけだ」

カブリーヨが、ゆっくり立ちあがった。怒りのあまり歯を食いしばっている。

「どの船だ？」

「警告するつもりか？　間に合わないだろう。じきにわかる。乗組員の動画を送る。おまえが到着するまで、おいしいものを食べさせて、楽しませておこう。どこへ行けばいいかということだけ教えたかった。もう察しているだろうが、ティエラ・デル・フエゴだ。まだアマゾンにいるようなら、何日かかかる」

「テイト、こういうことはやめろ」カブリーヨが、怒りに顔をゆがめていった。「おまえの遊びに、これ以上、なんの罪もない人間を巻き込む必要はない」

「必要はあると思うね。おまえはいつだって罪もない人間のことを気にする。それが弱点だ。結構なことだ。そのせいで、おまえのやることは予測しやすい。そうそう、その船を乗っ取ってから二日以内におまえが来なかったら、おまえがひとりずつ殺している動画を送る。後学のためにＣＩＡにも送る」

カブリーヨはついに我慢できなくなって、わめきはじめ、カメラに詰め寄って、指を突き付けた。「貴様は死んだも同然だ、テイト！　貴様を殺しにいく。待ってろ！」

「結構」テイトは穏やかにいった。「出迎える準備をしておこう」

テイトが馬鹿にするように手をふり、接続を切ったときも、カブリーヨはカメラに怒りをぶつけていた。

53

アルゼンチン沿岸を航行中

癇《かん》に障《さわ》るテイトの顔がスクリーンから消えた。前回とはちがって、テイトの顔にカブリーヨの顔が重ねられてはいなかった。

カブリーヨは、気を静めるためにひとつ息を吸い、マックスのほうを向いて冷静にいった。「わたしの演技はどうだった？」

「ゴールデングローブ賞にノミネートされてもよさそうだった」

「アカデミー賞は無理か？」

マックスが、片手を左右にふって、笑みを浮かべた。「だが、まあ、おれはテイトよりもあんたのことをよく知っているからな」

「かなり説得力があったと思った」カメラに映らないように隅のほうにいたオーヴァ

ーホルトが、近づきながらいった。「テイトは、きみがいまも怒り狂ってしゃべっていると思っているだろう」

「ディープフェイク・ソフトウェアが無効にされているのに気づかないあいだは」

通信コンソールに向かっていたエリックとハリが、手を打ち合わせるハイファイヴをやった。

「動作を打ち消しても、向こうには見えませんよ」エリックがいった。

「そうだな」カブリーヨはいった。「わかっていたら、テイトが話をつづけるはずはない。では、画面にわれわれの友人の顔を呼び戻してくれ、ハリ」

「アイ、会長」ハリがいった。「どちらからも、はっきり見えていたはずです」

カブリーヨは、テイトの面が割れたことを明かし、罪を着せようとする計画が完全に崩れたという事実を突き付けたかったが、そうしたい気持ちを抑えた。テイトにその情報を教えたら、身を隠すに決まっている。カブリーヨがやっているのは長期の勝負なので、騙されたテイトが怒りをたぎらせるのを見て一瞬の満足を得るよりも、汚名をそそぎ、ポートランド号を発見することのほうが、ずっと重要だった。いっぽう、テイトは、そういうふうに衝動を制御することができない。

カブリーヨとテイトが話をしていたとき、べつのビデオチャットが、同時進行していた。それに参加していた人物が、いまスクリーンに映し出された。ふたりの人物が会議テーブルに向かって座り、もうひとりが、ふたりのうしろで悠然と壁にもたれてくつろいでいた。

ひとり目はCIA長官パトリシア・クボだった。元はハワイ選出の上院議員で、頭痛を追い払おうとするように額をさすっていた。

「とんでもない失態だわね」緊張したアルトで、クボがいった。「あなたがザカリア・テイトとキャスリーン・バラードと話をするのを、リアルタイムで見なかったら、ふたりが組んでいるという話など、信じなかったでしょうね。テイトは死んだと思い込んでいたのに、アメリカ海軍の原潜とCIAの貨物船を沈没させたことを、ほぼ認めていた」

もうひとりは、燃えるような赤毛で、ヴァン・ダイク髯《ひげ》（頰を剃り、口髭と顎鬚を残したスタイル）をたくわえ、注文仕立てのグレイのスーツを着ていた。その人物、NUMAを創設したジェイムズ・サンデッカー副大統領は、火をつけていない葉巻を嚙《か》みながら、ゆっくりとうなずいた。

「まったく、とんでもない失態だ」サンデッカーがいった。「だが、われわれがみずから引き起こしたことだ。それに、民間の貨物船〈アヴィニヨン〉のことも忘れてはならない。テイトは、復讐《ふくしゅう》のためなら、どんなことでもやりかねない」

うしろに立っていた三人目の、引き締まった体つきの長身の男は、黒い髪をもじゃもじゃにのばし、日光と海の潮気をさんざん浴びたいかつい顔は赤銅《しゃくどう》色だった。乳白色を帯びたグリーンの瞳《ひとみ》には、カブリーヨがはじめて会ったときとおなじように、狡知のひらめきがあった。その男は現在のNUMA長官、ダーク・ピットで、あとのふたりとはちがい、面白がっていた。

「すごい演技だったぞ、ファン」ピットがいった。「頭が怒りで破裂しそうに見えた」

「テイトが、勝負に勝ったと思うように仕向ける必要があった」カブリーヨはいった。

「あいつはおだてに弱いからな」

「きみはここのところ、テイトをものの見事に瞞着《まんちゃく》しているよ」

「わたしのチームのほうが、テイトのチームよりも、ずっと優秀ですからね」

サンデッカーが、首をふった。「正直なところ、カブリーヨ君、ダーク・ピットからきみの要請を聞いたときには、乗り気ではなかったんだ。しかし、きみにもわかっていると思うが、ダークはこうと決めたら梃子《てこ》でも動かない男だからね」

ずいぶん前のことだが、NUMAの香港での秘密任務を〈コーポレーション〉が手伝ったとき、ダーク・ピットはオレゴン号に乗ったことがあった。その作戦中にオレゴン号が中国の駆逐艦と遭遇し、そのときにカブリーヨは片脚の膝から下を失った。ピットの機敏な判断がなかったら、カブリーヨは十中八九、オレゴン号と乗組員をすべて失っていただろう。

「そうですね」カブリーヨは答えた。「それがわかっていたから、ダークにこの電話をあなたがたに見せたいと頼んだんです。たしかな人物が保証してくれないと、副大統領とCIA長官がわたしのような逃亡者を信じるわけがありませんから」

「数年前に、きみはわたしの命を救ってくれたから、疑わしきは罰せずという気持ちにはなっていた」サンデッカーがいった。副大統領専用機エアフォース2を撃墜しようとした敵のドローンを、オレゴン号が破壊したことだ。

「いまはあなたを信じている」クボがいった。「あなたのオプ・センターそっくりの場所にテイトとバラードがいるのを見て、確信できた。ラングストン、あなたを疑ってすまなかったわ」

「わかっています、パトリシア」オーヴァーホルトがいった。「キャスリーン・バラードは、この計画を何年も前から作りあげていました。わたしは完全に騙されていました」

「CIAがあらゆる力を行使して、バラードを裁くと、約束するわ」

サンデッカーがいった。「わたしは大統領と内密に話をした。大統領は、この状況がもたらす政治的影響を、できるだけ小さくしたいと考えておられる」

「それはザカリア・テイトの出かたしだいです、副大統領」カブリーヨはいった。

サンデッカーが、たいしたことはないというように、片手をふった。「テイトはきみを殺して、悪評にまみれさせることを望んでいるようだな。そうするには、きみがアメリカ政府から忌《い》み嫌われるように仕向けるのが、もっとも好都合だと知っている。一般大衆とは無関係だ」

「それに、テイトはポートランド号が他の国に注目されないようにしたいと考えている」ピットがつけくわえた。「オレゴン号を沈めてから、自分のサービスを売ろうとするまでは、目立ちたくないはずだ」

「そのどちらも現実にならないことを、わたしたちは望んでいる」クボがいった。

「大統領は、ポートランド号は国家安全保障に対する脅威だと宣言したわ。それによって、わたしたちはテイトに対処する裁量をあたえられた」

「とはいえ、外国との国際関係を脅《おびや》かすような作戦を実行するわけにはいかない」サンデッカーがいった。「だから、アメリカ海軍が外国の領海内でテイトを追捕することはできない」

「ティエラ・デル・フエゴの周囲の海域ではだめだ」ピットがいった。

「そのとおり。秘密裏に処理しなければならない」サンデッカーは、カブリーヨをまっこうから見つめた。「それに、先ほどの話からして、きみたちにはポートランド号を見つけ出す手段があるようだ」

「あそこのマックスのおかげで、そういう手段があります」カブリーヨが指差すと、マックスが軽やかな敬礼をした。

サンデッカーがつづけた。「では、ポートランド号を追いつめて、必要だと判断したあらゆる手立てにより、鎮圧することを許可する。最悪の場合、ポートランド号を撃沈することもそこに含まれる」

「テイトはどうしますか？」

「あなたの判断に任せます」クボがいった。「でも、はっきりいって、彼が戻ってくるようなことは望ましくない」

「了解しました。現在、われわれはテイトを邀撃《ようげき》するために、最大速力で移動しています。テイトは、われわれがまだアマゾン付近にいると考えていますから、船名がまだわかっていない船を彼が攻撃する前に、追いつけることを願っています」

「その付近に、われわれの船がいる。〈ディープウォーター〉だ」ピットがいった。

「ポートランド号かそれに似たような船がいないかどうか、気をつけるように、船長に報せよう」

「それが賢明でしょう」カブリーヨはいった。

「歴史的な海戦になりそうだな。まったくおなじ最新鋭のスパイ船二隻が戦うことになる」ピットは笑みを浮かべた。「参加したいところだが、こっちで消火しなければならない火事がいくつかある」

カブリーヨは、それを聞いてくすりと笑った。「前にお目にかかったときのようすからして、そんなことだろうと思っていました。あなたはどちらかといえば……そう、〝面白い〟冒険が好きですからね。いつか戦話《いくさばなし》をしたいものです」

ピットが、同感だというようにうなずいた。「こっちもおなじだ。こんどワシントンDCに来るときには、わたしが知っている店でステーキを食べて赤ワインを飲もう。よい猟果《ハッピー・ハンティング》を祈る」

「ありがとう」

「テイトに対する感情は、みんなおなじようだな、カブリーヨ君」サンデッカーがいい、クボとともに席を立った。「テイトとその配下は、なんらかの形で、これまでの所業の裁きを受けなければならない。やつを斃《たお》してくれ」

54

アラカルフェス自然保護区

ラションダ・ジェファーソンは、七基目のソノブイの設置作業を見守り、乗組員の効率的な仕事ぶりを誇りに思った。すでに、ペンギンの集団繁殖地三カ所にウェブカムを取り付けていた。いずれもＮＵＭＡのウェブサイトでさかんに閲覧されているし、ソノブイもおなじようにうまく機能していた。高感度の聴音機のうち三基が、広大な自然保護区の入り組んだ群島の狭い水路を通るザトウクジラの群れを探知していた。〈ディープウォーター〉の現在位置は水路五本が交差し、回遊するクジラの音を捉えられると期待されていた。四方は雪を頂いた山で、島と島のあいだが狭いので、〈ディープウォーター〉は這《は》うような速力で進まなければならなかった。

運がいいことに、アメリア・バルガスは、本人がいうとおり優秀で、きわめて危険で予想が難しい水路でも、いともたやすく自信に満ちた水先案内を提供していた。水深についても、アメリアの指摘は正しかった──三〇〇メートルを超える深さのところがあった──氷山の危険も、彼女のいうとおりだった。氷河から巨大な氷山が海に崩落するのを、何度か目の当たりにした。

アメリアが、最新の気象情報を聞きながら航路図を指でなぞり、眉をひそめた。

「どうかしたの？」ラションダがきいた。

「針路を変更しなければならないと思う。まもなく濃霧で動けなくなる」

南の島々の上におりてきた雲を、アメリアは指差した。まるで毛布のように、島を覆っている。ラションダは、またしてもアメリアの勘に同意した。

「そうね」視程ゼロになるまで、ここにとどまりたくはない。ソノブイを設置したらすぐに、北に向かいましょう。ここで回頭するのは、かなり厄介だけど」

水路が交差しているその場所は、幅が四分の一海里に満たなかった。〈ディープウォーター〉は小回りが効くが、Uターンするには、技倆と集中力と鋼鉄の度胸が必要とされる。

ソノブイを設置して固定したと、乗組員がラションダに報告したときには、南から霧がじりじりと近づいていた。濃霧が、島と島のあいだの水路を、ヘビのような不気味な動きでくねくねと進んでいた。

「早くしないと」アメリアがいった。

「船長」副長がいった。「レーダーに感あり、北からこちらへ接近しています」

ジェファーソンは、渋い顔をした。北に向けて回頭するのが、いっそう厄介になった。双眼鏡を覗いたが、その船は北の水路のまんなかにある小島に隠れて、見えなくなっていた。

「漁船?」

副長が首をふった。「それにしては大きい。全長は六〇メートルほどです」

それを聞いて、アメリアが片方の眉をあげた。

「なにか心当たりがある?」ラションダはきいた。

アメリアは首をふった。「貨物船はこのあたりにはこないし、フェリーの航路とも離れている」

「呼び出して」ラションダは命じた。

「アイ、船長」副長が、無線で呼びかけた。「北の国籍不明船、こちらはNUMA調査船〈ディープウォーター〉。応答願います」

一瞬ののちに、なまりのある英語が、ラウドスピーカーから聞こえた。だが、スペイン語のなまりではなく、ロシア語のなまりだった。「こちらはチリ海軍艇〈アブタオ〉、機関を停止し、立入検査に備えろ」

ラションダは、口をぽかんとあけて、アメリアの顔を見た。アメリアもその命令を聞いて、啞然としていた。ラションダは、副長から無線のマイクを受け取った。

「〈アブタオ〉、こちらは〈ディープウォーター〉船長、ラションダ・ジェファーソン。ここで研究活動を行なう許可を、チリ政府から得ている。なんの目的で立入検査をするのか？」

島の蔭から〈アブタオ〉が現われ、甲板の七六ミリ砲が見えた。〈ディープウォーター〉にまっすぐ狙いをつけている。エリコン二〇ミリ機銃二門にも銃手がいて、やはり〈ディープウォーター〉に照準を合わせていた。

「〈ディープウォーター〉、この水域で密輸業者が活動しているという報告を受けている。承知しているだろうが、チリ海軍には、領海内で行動しているすべての艦船を臨検する権利がある」

〈アブタオ〉が、海の間際までせり出している氷河に近い、水路中央の島の前で停止した。至近距離で射撃準備を整え、威嚇《いかく》していた。

ラションダは、アメリアのほうを向いた。「どうなってるの？」

「わけがわからない。立入検査のために停船させるのは、沿岸警備隊の仕事よ。海軍ではなく」

ラションダは、アメリアにマイクを渡した。「あなたは沿岸警備隊にいたんでしょう。彼らに説明して」

アメリアが、早口のスペイン語でいった。

応答は英語で、アメリアがなにをいったにせよ、聞き入れたふうはなかった。「くりかえす、立入検査に備えろ」

アメリアが首をふった。「わたしは自分の身分を告げて、わたしたちの任務について沿岸警備隊に問い合わせてほしいといったのよ。スペイン語で応答しなかったのは、かなり変だわ」眉根を寄せてから、目を丸くした。「ちょっと待って。〈アブタオ〉が就役するのは、六週間後の予定よ。母港がプンタアレナスになるから、知っているの。ようすがおかしい」

「べつの船を探知しました、船長」副長がいった。「〈アブタオ〉の後方、北にいます」

「それも海軍の艦艇？」

「わかりません。でもずっと大きいです。全長一五〇メートルくらいです」

ラションダが双眼鏡を覗くと、おんぼろ貨物船がちらりと見えたが、すぐに島の蔭に隠れた。

艦首にポートランド号という船名があった。

ラションダは、いっそうわけがわからなくなった。ああいう大型船がこの水路にはいり込むのは、自殺行為だ。それに、どうして海軍艇に追躡《ついじょう》しているのか?

「奇々怪々としかいいようがない」ラションダは、マイクを取り返していった。「〈アブタオ〉、これからNUMAに連絡する。NUMAからチリ政府に連絡して、本船がどういう船かを確認してもらう。霧に覆われる前に、どの船もここから出なければならない」

副長に向かって、ラションダはいった。「NUMA本部を呼び出して」

副長が衛星電話機を取ろうとしたとき、〈アブタオ〉の二〇ミリ機銃が炎を吐くのを、ラションダは見た。

ラションダは、アメリアを甲板に押し倒して叫んだ。「全員、伏せて!」そのとき、二〇ミリ機銃弾が、〈ディープウォーター〉の上部構造に襲いかかった。

55

ポートランド号はまだ島の蔭にいたので、〈ディープウォーター〉は視界の外だった。テイトは、〈アブタオ〉のカメラの画像を見ていた。エリコン二〇ミリ機銃が、ブリッジの上の衛星アンテナとその他のアンテナに命中して、バラバラに吹っ飛ばした。〈ディープウォーター〉が助けを呼ぶことはできなくなった。

「みごとな射撃だ、ドゥルチェンコ」テイトは無線でいった。

「ありがとうございます、司令官」ドゥルチェンコが答えた。

テイトは、通信チャンネルを艇庫に切り替えた。

「強襲チームの準備はできているか?」テイトは、乗り込み隊の指揮をとっているキャスリーン・バラードにきいた。

「リーがRHIB発進準備を終えた」バラードが答えた。「向こうの船まで、そんなに時間はかからない。抵抗はないと思うけど、愚かにも抵抗したときの備えもある」

「すばらしい」テイトは、にやりと笑っていった。待ち伏せ攻撃は、計画どおりうまくいった。「ドゥルチェンコがやつらの船を航行不能にしたらすぐに、乗り込んでくれ」

「早くそうしたいわ」

テイトは、〈アブタオ〉に通信チャンネルを戻した。「ドゥルチェンコ、機関室を破壊しろ。霧に逃げ込まれるようなことがあってはならない。だが、忘れるな。人質が必要だから、七六ミリ砲は使うな。沈没するおそれがある」

「アイ、司令官」

ポートランド号は島の端をまわっていたので、テイトはオプ・センターのメインスクリーンで、〈アブタオ〉と〈ディープウォーター〉の両方を見ることができた。銃手が、二〇ミリ機銃を横に動かして、〈ディープウォーター〉の船尾に狙いをつけ、船体に機銃弾を浴びせはじめた。

テイトは、一部始終を動画で撮影していた。チリ海軍を離叛《りはん》したミサイル艇が、アメリカの研究船を破壊していると、CIAは解釈するはずだ。

NUMAの調査船は回頭していたので、機関はまだ使用不能にはなっていないようだった。しかし、あと数秒間、集中射撃すれば、船尾寄りの機関室は全壊するはずだった。

〈アブタオ〉は、その数秒を得られなかった。エグゾセ・ミサイル一基が、甲高いうなりをあげて霧のなかから飛翔《ひしょう》してきて、〈アブタオ〉の艇首に激突した。すさまじい爆発が起きて、七六ミリ砲が砲座からもげて、二〇ミリ機銃の銃手たちの体をずたずたに切り裂いた。ブリッジの窓が砕け、船体が燃えあがった。

テイトは、椅子から跳び出した。「なにが起きた？」

ミサイル艇は、艇首の大きな穴から浸水しはじめた。あっというまに沈むにちがいない。ドゥルチェンコは、〈アブタオ〉の命運は尽きたと悟ったにちがいない。霧のなかから二基目のエグゾセが突き進んできた瞬間に、ハープーン対艦ミサイル四基を発射した。エグゾセが船体中央に命中し、〈アブタオ〉はまっぷたつにちぎれた。艇首側の半分は転覆し、艇尾側の半分はそのまま水面に浮かんでいた。どちらも一分とたたないうちに、海中に没するにちがいない。

ハープーン四基は、〈ディープウォーター〉を狙って発射されたのではなかった。エグゾセが発射された霧のなかへと、消えていった。

〈ディープウォーター〉のスクリューが、水を泡立てていた。まもなく霧のなかへ姿を消すはずだった。

テイトは、ぽかんと口をあけてスクリーンを見ていたファルークをどなりつけた。

「音響眩惑装置を作動しろ！　あの船をなんとしても停止させるんだ！」

エジプト人エンジニアのファルークが、うなずいた。「装置を作動しています」

ファルークがそういうと同時に、見慣れた船影が、霧のなかからぬっと現われた。

まるで悪夢を見ているようだった。テイトは、オレゴン号の独特の船首を見分けた。船首付近が燃えていたし、甲板のエグゾセ発射機のあたりに、大きな穴があいていた。船首クレーンは、船縁の上に倒れていた。それだけ損害を受けていても、超大型トレイラートラックのように轟然《ごうぜん》と突進していた。

〈ディープウォーター〉の横を通り抜けたオレゴン号は、たくみにNUMAの調査船をかばい、音響眩惑装置の影響を受けないようにした。眩惑装置がオレゴン号に所定の効果をあたえていないことは明らかだった。

「エグゾセを発射しろ！」テイトが、砲雷長に大声で命じた。

「どっちの船に？」

「両方だ、馬鹿者！」

「発射しました」

エグゾセ・ミサイル四基が、たてつづけに発射機から撃ち出された。二基はオレゴン号めがけてまっしぐらに飛び、あとの二基は最大速力でポートランド号から遠ざかっている〈ディープウォーター〉を追った。

オレゴン号の六銃身ガットリング機関砲が、隠蔽位置から現われて、毎分三千発の発射速度で機関砲弾を吐き出した。大口径のタングステン曳光弾が、ミサイルめがけて飛んでいった。エグゾセ二基がターゲットとの中間で撃墜された。一基がオレゴン号のブリッジに激突し、巨大な火の玉が噴きあがった。

ブリッジに重要な装備がないことを知っているテイトは、悪態をついた。ブリッジは、周囲を観測できるだけで、船に来た人間を騙す見せかけにすぎない。カブリーヨと幹部乗組員は、船内深くのオプ・センターにいて、テイトとおなじように厚い装甲に護られている。

四基目のエグゾセが、オレゴン号の脇を通過し、〈ディープウォーター〉が逃げ切る前に命中するかと思われたが、オレゴン号の反対の舷側のガットリング機関砲が、弾着寸前にそれを粉みじんに破壊した。

〈ディープウォーター〉は、霧に呑み込まれた。それと同時に、〈アブタオ〉の分断された船体が、白く泡立つ水面の渦に沈んでいった。生存者がいる兆候は見られなかった。

テイトは怒り狂った。オレゴン号は対艦ミサイル発射機が損傷して、発射不能になったようだったが、ポートランド号はまだミサイルを発射できる。しかし、その戦術が成功する見込みはない。くだんの四基とおなじように、撃ち落とされるだけだ。

「魚雷をオレゴン号に向けて発射する準備をしろ！」テイトはわめいた。「あの船を沈めてやる！」

56

オレゴン号のオプ・センターでは、カブリーヨが指揮官席で居心地悪そうにしていた。音響眩惑装置のせいで、歯が浮き、皮膚がむずがゆかった。まるでコーヒーを十六杯飲んだようだった。周囲の乗組員も、すべて落ち着かないそぶりだった。しかし、気が変になることはない。音響兵器をある程度まで無力化するためにマーフィーとジュリアが考案した船体震動策が、効果をあげているようだった。

この二日間、ポートランド号がターゲットに達する前に邀撃しようとして、オレゴン号は最大速力で航走していたが、わずかな差で間に合わなかった。カブリーヨは、ポートランド号が島のあいだから現われたときに、不意打ちするつもりだった。入江に隠れていて、ポートランド号の船首が通過するのが見えた瞬間に、魚雷四本を発射する。オレゴン号が近くにいるのを、テイトが知る前に、それをやる。その奇襲攻撃は正々堂々としたやりかたではなかったが、まさにそれが重要だった。ポートランド号が一発も放てないうちに撃沈することができれば、最高だと考えていた。

しかし、〈ディープウォーター〉と〈アブタオ〉の無線交信を聞いて、すべてが一変した。ポートランド号に囚われていたときに聞いていたので、ドゥルチェンコの声だとわかった。NUMAの調査船をテイトに奪われるわけにはいかない。そうなったら、万事が逆転する。カブリーヨは、オレゴン号を濃霧に突っ込ませ、LiDARシステムを使って狭い水路を通るよう指示した。そして、ミサイル艇にロックオンすると同時に、エグゾセを発射した。

あいにく、ドゥルチェンコがミサイルで応射した。三基ははずれたが、一基がオレゴン号のミサイル発射機を直撃した。乾ドックで修理するのに、何日もかかるはずだった。

その他の損害報告も、かんばしくなかった。ミサイル発射機を大破させた爆発は、対魚雷システムの制御装置も破壊した。それに、上部構造は飾り物であるとはいえ、アンテナがエグゾセによって吹っ飛ばされたので、測距をマニュアルでやらなければならなくなった。さいわい、LiDARはいまも機能しているので、〈ディープウォーター〉が逃げられるように掩護《えんご》したあと、霧のなかに後進で姿を消すことができた。

「マーフィー」カブリーヨはいった。「ポートランド号に向けて魚雷二本を発射しろ」

「アイ、会長」マーフィーが答えた。「魚雷発射」

魚雷が発射管から射出され、水面に落ちるのを、カブリーヨはスクリーンで見た。

「二分でターゲットに弾着」マーフィーがいった。

「ハリ、〈ディープウォーター〉の状況は？」

「機関に深刻な損傷があります」ハリが答えた。「足を引きずりながら進んでいるような状態だと、ジェファーソン船長がいってます。修理しないと、プンタアレナスまで戻れないでしょう」

「退避できるところへ行くようにといってくれ。われわれがポートランド号を引き離すようにすると」

「アイ、会長」

ハリは、ラションダ・ジェファーソンと秘話無線で連絡を維持していた。〈ディープウォーター〉は、衛星通信で助けを呼ぶことはできないが、短距離用の無線機がまだ使える。衛星アンテナが壊れていなくても、どのみちおなじことだった。勝負にどうけりが付くにせよ、チリ海軍艦艇が到着するまでに、すべては終わっているだろう。

島の横を通過することができれば、〈ディープウォーター〉はどちらの方角にも進むことができ、ポートランド号がそれを発見するのは困難になる。

しかし、そのためには時間を稼《かせ》がなければならない。

「会長」ハリが、切羽詰《せっぱつ》まった声でいった。「〈ディープウォーター〉から連絡があり、この水路に設置したソノブイが、なんだかわからない甲高い信号を探知しているそうです。速力からして、一分後に本船に当たります」

「魚雷だ」カブリーヨはいった。ソナーを音響眩惑装置の対抗手段に改造した場合の弱点を、マーフィーが指摘していた。水中から来るものが、まったく探知できなくなるのだ。

「われわれの魚雷の弾着まで三十秒」マーフィーがいった。「ポートランド号は小島の蔭に後退し、対魚雷システムを作動させました」

カブリーヨは、いらだちのあまりアームレストを叩いた。まさに自分もそういう戦法をつかうはずだった。ただ、ここにはオレゴン号が隠れられるような島がなく、音響デコイを出して、魚雷をそちらに誘い寄せることもできない。〈アブタオ〉のハープーン・ミサイルで、対魚雷システムが破壊されてしまったからだ。

テイトの策略が功を奏した。オレゴン号が発射した魚雷は、ポートランド号に被害をあたえることなく、島に当たって崖から岩の塊《かたまり》を吹っ飛ばし、小さな土砂《どしゃ》崩れが海に落ちただけだった。

だが、ポートランド号が島の蔭に後退したために、ひとつの利点がもたらされた。音響眩惑装置の影響が脳内で暴れまわらなくなった。

いっぽう、マーフィーがオレゴン号のソナーに接続した同様の装置は、使用準備ができていた。

「マーフィー」カブリーヨはいった。「魚雷の聴音《パッシヴ》ソナーを妨害できるかどうか、やってみてくれ」

「いま作動しています」

ソナードームが、大出力で信号を発信していた。それが魚雷の感知装置を故障させるはずだった。理論上は。

「エリック、魚雷が航走するはずの進路から、移動させてくれ」

エリックが、深く息を吸っていった。「ここには機動の余地があまりないけど、なんとかやってみます」

エリックが、オレゴン号をゆっくり進めて、もっとも近い島に精いっぱい近づけた。ポートランド号の発射した魚雷は、深いところを馳走《ちそう》しているので、肉眼では見えない。爆発するのが見えてはじめて、はずれたとわかる。それも、遠くで爆発することが望ましい。

オレゴン号とは逆の岸近くで、水柱が噴きあがった。マーフィーの妨害装置が機能し、魚雷が進路からそれたのだ。

だが、二本目の魚雷には、それほど有効ではなかった。その魚雷は、逆方向に進路をそれたようで、オレゴン号の左舷艦首近くで爆発し、水がぶつかる衝撃で、船体が揺れた。カブリーヨは、座席から落ちないように、しがみつかなければならなかった。

警報が鳴り、船体に裂け目ができたとわかった。

「区画3、5、7の水密戸を閉鎖」マックスが、できるだけ平静な声で命じた。「左舷ベンチュリ管の機関出力が落ち、推力偏向装置《スラスター》に損害が生じた。左舷浸水に対抗するために右舷バラストタンクに注水」

オレゴン号は大きな被害を受けたので、もう〈ディープウォーター〉のために時間を稼ぐことができなくなった。ポートランド号にまた攻撃される前に、オレゴン号を離脱させなければならない。だが、ただ霧のなかに逃げ込むだけでは、ポートランド号を撒《ま》くことはできない。すぐに追いつかれてしまうだろう。

こんなときに、道路を封鎖するバリケードのようなものがあれば……。

ポートランド号とのあいだにある、水路の中央の島に、カブリーヨは注目した。その島をまわってポートランド号が現われるのは、時間の問題だった。しかし、島の右側は狭いので、左側を通らざるをえない。

カブリーヨがことに注目したのは、氷河の大崩壊の痕《あと》だった。狭い水路に流れ込んでいる氷河を、カブリーヨは見た。水際まで氷河がのびている。

「マーフィー」カブリーヨはいった。「魚雷をあと二本、発射してくれ。だが、ターゲットはポートランド号ではない。氷河のどまんなかに命中させてくれ。できるだけ浅いところを航走させろ」

マーフィーは、カブリーヨの視線をたどり、なにが狙いかを察してうなずいた。

コンピューターにあらたな座標を打ち込み、マーフィーはいった。「魚雷発射」

ポートランド号が島の蔭から姿を現わしはじめたとき、魚雷がすさまじい速さで氷河に向けて進んでいった。水面のすぐ下で雷跡を引き、スクリューがうしろで海水を泡立てていた。

十五秒後、水路の上に突き出していた氷山の根元を魚雷が吹っ飛ばし、巨大な氷の塊が水面に落ちた。爆発が連鎖反応を起こして、氷河が割れ、とてつもない大きさの氷山が崩落して、ポートランド号が通ろうとしていたところをふさいだ。装甲をほどこした船体でも、氷山に激突すれば、大きな穴があくことはまちがいない。

テイトがそういう危険を冒さないことを、カブリーヨは願った。島の横の水路から後進で脱け出して島を迂回する水路を通り、行く手を阻《はば》もうとするにちがいない。それまでに、自然保護区の水路とフィヨルドの迷路に姿を消すことに、カブリーヨは賭《か》けていた。

「エリック、ここから連れ出してくれ」

エリックが、オレゴン号を回頭させて、来た方角へひきかえさせた。ポートランド号が島の向こうからふたたび姿を現わしたときには、オレゴン号はよろめきながら霧《む》峰《ほう》のなかに逃れていた。

57

オレゴン号に大きな損害をあたえ、あとはとどめを刺せばいいだけだと、テイトにはわかっていた。しかし、カブリーヨが水路に落下させた氷山のせいで島の横を通れなくなり、追いつくにはべつの水路をとらなければならなくなった。距離が長くなるし、濃い霧がたちこめているから、島の向こう側の水路に出たときには、オレゴン号と〈ディープウォーター〉は姿を消しているにちがいない。

テイトは、オプ・センターでバラードとともに付近の海図を仔細《しさい》に眺め、つぎの手をひねり出そうとしていた。

「オレゴン号か〈ディープウォーター〉が自然保護区から出てくるのを、待ったほうがいいかもしれない」バラードが提案した。「二隻があなたの思っているくらい損害がひどいようなら、外洋で簡単に撃沈できるでしょう」

「思っているのではない。そうだとわかっている。霧のなかに消える前に、オレゴン号が右に傾いているのを見ただろう。魚雷が一本は命中したんだ」

「それじゃ、待って——」

テイトがスクリーンを掌《てのひら》で叩いた。「だめだ！ ひょっとしてカブリーヨは手早く応急修理するかもしれないし、応援を呼ぶかもしれない。いまやつを見つけなければならない」

バラードは、首をふりながら海図を見た。水路、フィヨルド、入江が蜘蛛《くも》の巣のように複雑に入り組んで、オレゴン号が隠れる場所はいくらでもある。

「〈アブタオ〉が沈没したから、〈武宋〉が来ても、戦力が三分の一減った。撤退して、つぎのチャンスを待ったほうがいいんじゃないの」

テイトは、怒り狂って、バラードに食ってかかった。「正気か？ それともただ馬鹿なのか？ われわれはオレゴン号に三度、魚雷とミサイルを命中させた。それに、中国のディーゼルエレクトリック潜水艦が、われわれの味方だ。こんな勝機は二度とめぐってこない。きみは前にも、意気地《いくじ》がないところを見せた。今回はそういうことは許さない」

バラードは、オプ・センターを見まわして、ファルークとリーが気まずそうに横目で見ているのに気づいた。バラードがテイトのほうを向いて、睨みつけたが、テイトは平然としていた。バラードにはもっと度胸が必要だと思っていた。

ようやくバラードが、両手をあげて降参した。

「いいわ。あなたの計画は？」

「それでいい。チームに戻ってくれてよかった」テイトは気を静めて、海図のほうを向いた。「さて、このあたりはたしかに水路が入り組んでいるが、出口は結局二カ所しかない。一カ所は北、もう一カ所は南だ。〈武宋〉に北からはいるよう指示する。われわれは南からはいる。捜索を順序立ててやれば、そのうちオレゴン号か〈ディープウォーター〉に遭遇する。どちらかを見つければ、勝負をものにできる」

バラードはうなずいた。計画が気に入ったのだと、テイトにはわかった。

「オレゴン号を撃沈してから、〈ディープウォーター〉を悠然と捜し出して、目撃者を始末する」バラードがいった。「あるいは、最初の計画どおり〈ディープウォーター〉の乗組員を人質にとって、オレゴン号が救出に来ざるをえないようにする」

「そうだ。オレゴン号はかなり損傷しているから、どういう戦いでも、われわれのほうが有利だ。カブリーヨが真っ向から勝負を挑んできても、打ち負かすことができる。それどころか、そのほうが――」

ファルークが、口を挟んだ。

「司令官、ファン・カブリーヨからまた電話がかかってきました」

テイトは、バラードに笑みを向けた。「降伏したいのかもしれない」

「あの男をこれまで見てきた限りでは」バラードがいった。「それはありえないと思う」

「やめろ」テイトは、指揮官席に座りながらいった。「水を差すようなことをいうな」ファルークに向かっていった。「カブリーヨをスクリーンに出し、いつものようにディープフェイクをかけろ」

ほどなくカブリーヨがスクリーンに現われた。前回よりもだいぶ落ち着いた感じだった。

「やあ、ファン。元気そうだな。前に話をしたときに血が頭に昇って、顔の血管が切れたんじゃないかと思ったが、だいじょうぶのようだ。もっとも、すこしストレスにさらされているようだが」

「この数時間、いろいろなことを考えたよ、テイト」

「だろうな。しかし、まだおまえたちが沈んでいないとわかって、ほっとした。わたしが見つける前に沈んでしまったら、楽しみがなくなる」

「わたしたちを見つけることはできない」カブリーヨはいった。「この付近の海図を見ろ」

「見た。たしかに島や狭い水路がごちゃごちゃ入り組んでいるが、遅かれ早かれ出遭うだろう」

「逃げられるうちに、ここを出たほうがいいんじゃないのか」

テイトは笑った。「オレゴン号がどうなったか、わたしは見たんだよ、ファン。オプ・センターはあいかわらず格好いいかもしれないが、応急チーム《ダメコン》が船内のいたるところで走りまわっているはずだよ」

「ちょっとへこんだだけだ」カブリーヨはいった。「叩いて直せないところはない」

「嘘をつくのがうまいな。CIAで輝かしい経歴を残したのも不思議ではない」

「CIAのことで、電話しているんだよ。彼らは知っている」

「なにをだ?」

「おまえが生きていることを知っている。キャスリーン・バラードがラングストン・オーヴァーホルトを拉致し、わたしとオレゴン号の乗組員が犯していない犯罪について濡《ぬ》れ衣《ぎぬ》を着せようとするおまえの陰謀に加担したことを知っている。おまえがオレゴン号と瓜ふたつの複製を建造したことを知っている」

テイトがにやりと笑い、指をふるお気に入りの仕草をした。「嘘つき、嘘つき、嘘をつくと、おしりに火がつくぞ。おまえはそう主張しつづけているかもしれないが、あまりにも途方もない話だから、彼らが信じるわけがない」

「おまえの姿を録画した」カブリーヨは、にべもなくいった。

「録画したのは、おまえの姿だろう？」

カブリーヨが、だれかのほうを向いていった。「再生しろ」

その瞬間、テイトは前の会話のときの自分の姿を見て、みぞおちが冷たくなった。テイトは、自分の顔を見ていた。うしろにバラードがいて、船が波に揉まれていたため、気分が悪そうな顔をしている。そのときのバラードを見ないで、そういう表情を創りあげるのは、不可能なはずだった。

テイトは、指揮官席からゆっくりと立ちあがった。ファルークに近づき、平手で思い切り殴った。

「おまえのせいでこうなったんだ！」テイトはわめいて、スクリーンのほうを向いた。「顔の血管が切れそうなのは、どっちかな？」口もとにかすかな笑みを浮かべて、カブリーヨはいった。この暴露を楽しんでいた。

「関係ないさ」テイトは、両手をふっていった。

「そんなことはない。サンデッカー副大統領と、クボＣＩＡ長官が、リアルタイムで見ていた。彼らはなにもかも見たんだよ」

「信じるはずがない。おまえといっしょにやったといえば、それで通る」

「その手は使えないと思うね」カブリーヨは、横を見てうなずいた。

スクリーン内に元気そのもののラングストン・オーヴァーホルトが現われたので、テイトは愕然《がくぜん》とした。

「やあ、テイト君。こうして生きているのはありがたいが、きみの姿をふたたび見ることになったのは残念だよ」

テイトは、スクリーンに薄笑いを向けた。「自分は利口だと思っているんだな」

「そうでもない」カブリーヨはいった。「しかし、おまえよりは利口だ。おまえがほんとうに利口なら、いますぐにチリを離れて、潜り込む穴をどこかで捜すだろう。なぜなら、アメリカ政府が、これからおまえを追討することになるからだ」

テイトは、自制を失いかけていると気づいた。指揮官席に座り、アームレストを万力《まんりき》のような力で握りしめた。

「わたしがいま逃げると思っているのなら、馬鹿なのはおまえのほうだ、ファン。おまえが倒れる寸前なのに、ここでやめるわけがないだろう。おまえをかならず見つける。隠れる場所など、どこにもない」

テイトが首を切る仕草をして、接続が切れた。

オプ・センターの全員がテイトを見ていたが、なにかをいう勇気は、だれにもなかった。

「〈武宋〉に連絡しろ」テイトは、バラードにどなった。「余上将に、これから戦争をはじめると伝えろ」

58

アメリアの高い技倆の水先案内で、ラションダは傷ついた〈ディープウォーター〉を操船し、ずっと大型のポートランド号が追ってこられないような浅く狭い水路を進んでいった。だが、曲がりくねったその水路は、一海里先の円形の入江で行き止まりになった。当面は安全だが、逃げ場がない。数針縫合すればいい負傷者がいるだけで、重傷者がいないのは、ありがたかった。

「機関修理を終えるまで、どれくらいかかるの?」ラションダは、副長にきいた。

「一日はかかります」副長が答えた。「どうにかここまで来ましたが、機関が完全に動かなくなるのを避けるために、停止しなければなりませんでした。また使えるようになっても、せいぜい一〇ノットしか出せません」

「それでいいわ。できるだけ早く移動できるようにしたい。修理して」

「アイ、船長」副長が、機関室へおりていった。

「ポートランド号をふり切るのは無理ね」アメリアがいった。

「完全に修理できても無理よ」ラションダはいった。「ダーク・ピットの話では、最大速力は四〇ノット以上だということよ。あの古い貨物船がミサイルを発射するのを見るまでは、かつがれたのかと思っていた」

「それじゃ、どうするの？　もう霧には隠れられないし」

すさまじい海戦から五時間が過ぎて、霧が晴れはじめていた。

ふたりは付近の海図をじっくり検討した。ラションダが、島のあいだのルートをいくつかなぞったが、どのルートでも、太平洋側の出口二カ所、北か南のどちらかを通ることになる。脱出には数時間かかるし、二カ所の隘路《あいろ》の手前で、ポートランド号が待ち伏せている可能性がある。

「チリ当局が到着するまで、ここで待つわけにはいかないの？」アメリアが提案した。

「ポートランド号の兵装を見たでしょう」ラションダがいった。「チリ沿岸警備隊の船なんか、ポートランド号の攻撃で木っ端みじんになるわ。それに、チリ海軍が来るまで、二日ぐらいかかるかもしれない。どうせ呼べないけど。長距離無線機のアンテナと衛星アンテナが吹っ飛ばされたから」

「主任科学者が、ソノブイとウェブカムのデータはいまも得られるといったんでしょう」

「そうよ。それを使って、魚雷のことをオレゴン号に警告できたの。データはいまもはいっているけど、短距離無線以外で、オレゴン号になにかを伝えることはできない」

「被害がひどいと船長がいっていたから」アメリアがいった。「オレゴン号もあまり当てにはできないわね」

「それじゃ、航行できるようになるまで、ここにこもっているしかない」

このミッションの主任科学者メアリ・ハーパーが、ブリッジに駆け込んできた。五十代のすらりとした女性は、走ってきたせいで息を切らしていた。

「メアリ、どうしたの？」ラショングはきいた。

メアリが、ノートパソコンをコンソールに置いた。クリックすると、ソノブイのひとつから送られてくる波形が表示された。ザトウクジラの歌の波形だと、ラションダは見分けた。

「ソノブイ2がこれを捉えたの」メアリがいった。

オーディオクリップをメアリが再生した。ザトウクジラが群れと意思を疎通するときの、ホーホー、ゴロゴロ、ヒューーッという聞き慣れた音声だった。

「どこがふつうではないの？」メアリがあわてているわけがわからず、アメリアがきいた。「この水域では、クジラの歌はいつでも聞こえるけど」

メアリが首をふった。「いいえ、あなたがよく聞いているのは、この歌よ」

第二のオーディオクリップを、メアリが再生した。ラションダには、最初のオーディオクリップとおなじように聞こえた。

「おなじじゃないの？」よけいわけがわからなくなったアメリアがきいた。

「まったくちがう」メアリがいった。「一番目の歌は、南の海のザトウクジラ。あなたたちに最初に聞かせた——水中聴音機が捉えた音——は、北太平洋のザトウクジラの歌なの」

ラションダは、アメリアとおなじくらいまごついていた。「なにがいいたいの？」

「ザトウクジラは、歌を教え合うの」メアリがいった。「クジラのコミュニティごとに、かなり独特な特徴がある。北太平洋のクジラは、南半球のクジラと話し合うことはできない。いわば、言語がまったく異なる」

「つまり、この歌がチリで聞こえるはずはないのね？」アメリアがきいた。

「北太平洋のザトウクジラが、こんな南まで来たという例はひとつもないでしょうね。繁殖のために北極圏を離れてハワイかメキシコまで行くことはあっても、こんな緯度まで南下することはない」

ラショングは、この議論にいらだちはじめていた。

「ハーパー博士、科学研究に熱心なのはわかりますが、いまのわたしたちには、どうやって生き延びようかということのほうが大切なんです」

「わかっているわ。ごめんなさい」メアリ・ハーパーはいった。「でも、重要なことなのよ。この歌がくりかえされるのを聞いて、前の録音と比べたの。まったくおなじだった。完璧におなじなのよ。そういうことは起こりえない」

アメリアが、怪訝そうに片方の眉をあげて、ラショングを見た。「重要だというけど、わたしにはよくわからない。このクジラ問題で、わたしに理解できないことがあるのかしら?」

「ハーパー博士は、海洋生物学の権威なのよ」ラショングがいった。「重要なことでなかったら、わたしたちの時間をとるようなことはしないでしょう」

「ありがとう、ジェファーソン船長」メアリは、ちょっとむっとしたが、強引に話を進めた。「まだあるのよ。歌がくりかえされるのを聞いたとき、水中聴音機の感度をあげて、クジラの歌の波形を消したの。そうしたら、これがザトウクジラの信号とおなじ方角から聞こえた」

メアリが、べつのオーディオクリップを再生した。かなりかすかだったので、ラショングはしばしその人工音を聞き分けることができなかった。聞き分けたとき、ラションダは驚いて、メアリの顔を見た。

「わたしの頭がおかしくなったのかしら」ラションダはいった。「そうでなかったら、これは船のスクリューの音だわ」

59

中国の潜水艦〈武宋〉が通過していたフィヨルドは、かなりの水深があったので、水路の深度三〇メートルをなめらかに潜航することができた。上空を哨戒機《しょうかいき》が飛んでいても、探知されるおそれはなかった。それに、これまでのところ、船を一隻も探知していなかった。

余上将は、落ち着いて深度計を眺め、水測長に絶えず報告を求めていた。

いっぽう、副長はひろびろとした太平洋のなにもない空間を離れてからずっと、神経をとがらせていた。

「本土に近づくにつれて、海底谷の幅が狭くなっています」不安にかられている副長がいった。「テイトの指示どおり、北の水路の出口にとどまったほうがよいのではありませんか」

余は、副長に冷たい笑みを向けた。「オレゴン号が出てくるのを待てというのか？」

「われわれのほうへ誘導すると、テイトはいいました」

「そういうに決まっている。だが、テイトはわたしとおなじように、復讐に燃えている。声で察しがついた。テイトは、オレゴン号を見つけたとたんに、攻撃するだろう。われわれは、オレゴン号を逃がさないために利用されているんだ」

「〈武宋〉は、こんな岸近くで作戦行動するのには、向いていません」

「われわれの国の科学者を信用していないのか？」余は問い詰めた。

「信用しています」副長が答えた。「しかし、実戦的な状況で新型ソナー・システムをテストしたことがありません」

「では、これをテストだと思え。復讐を遂げるだけではなく、実験段階のソナーの能力を実証し、しかもテイトが音響眩惑装置の設計を引き渡せば、貴重な新兵器を手に入れられる」

潜航中の潜水艦は、ほぼ目が見えないような状態で、慣性航法装置と既存の海図に頼って進路を作図する。水中の障害物がすくなく、資料が揃っている大洋であれば、そういう航法だけでじゅうぶんだ。水上の艦船や他の潜水艦のような移動する物体の位置情報は、聴音《パッシヴ》ソナーで得られる。

だが、岸近くの水中障害物を見つけるには、反響測距《アクティヴ》ソナーを使う必要がある。強力な音波を放ち、それが静止した物体から反射することによって、距離を知る。この反響探知法なら周囲の地勢の詳しい画像が得られるが、潜水艦の位置と接近を付近の艦船に探知される。

そのため、どこの軍の潜水艦であろうと、友好国の港にいて浮標《ブイ》や灯台などの航海の目印があるときはべつとして、浅海にはいり込むのを嫌う。潜航しているときでも、できるだけ潜望鏡に頼ろうとする。

だが、中国の研究者たちは、自国の潜水艦が探知されることなく外国の領海に忍び込めるような折衷案《せっちゅうあん》を編み出した。〈武宋〉のアクティヴ・ソナーに、ザトウクジラの歌に似せた音を発信する機能を持たせたのだ。

そのアクティヴ・ソナーは、ほんもののクジラの歌とおなじ強さの信号を出す。そのため、従来のソナーに比べると反射音が弱いので、通常よりも低速で航走しなければならない。ヘッドライトの光が暗いために、自動車が這うように進むようなあんばいだった。

その音を聞いた艦船があっても、クジラの群れが近くを通っているだけだと思い、ハワイで録音されたクジラの歌だとは考えもしないはずだった。それに、ザトウクジラは世界各地に分布しているので、どこでソナーを使っても、怪しまれるおそれはない。

「付近に船は？」余は水測員にきいた。

「おりません」副長が答えた。「潜望鏡で見える人工物は、さきほどそばを通過したブイだけです」

〈ディープウォーター〉がこの水域で海洋学研究を行なっていることを、余は知っていた。水温や潮流の動きを分析するような、退屈な仕事にちがいないと思った。そういう感知装置に、潜水艦がいることを知られるおそれはない。

「余裕水深は？」

「海底から一〇〇メートルです」水測員がいった。「左右の岸との近接は三〇〇メートル」

余は、副長ににやりと笑いかけた。「見ろ。だいぶ余裕がある」

副長が、海図を指差した。「じきにもっと狭くなります」

「そうなったら、速力を落とせばいい。オレゴン号がはいり込めるような水路をすべて調べる」

「ここも調べるんですか？」曲がりくねって、行き止まりになっている水路を、海図上で副長が指差した。長さが二海里しかなく、はいり込んだら、狭いところでUターンしなければならない。一海里進んだら、Uターンして後進で奥まで行くしかない。

余はきっぱりとうなずいた。「ああ、調べる。奥は広いから、回頭して出てこられる」

「このフィヨルドにはいることには、強く反対します。出られなくなったらどうするんですか」

「勇気がないために、調べるのを怠《おこた》ったら、オレゴン号を見逃すおそれがある」

「勇気の問題ではありません。ただ――」

余は片手をあげて遮った。「反対だというのは聞いた。ほかになにかいうことは？」

副長が目を伏せて、首をふった。

「その支流まで、どれくらいかかる？」余はきいた。

「三十分です」

「よし。そこに到達したら、わたしがみずから操艦指揮をとる」

「アンテナを出して、現況をポートランド号に報せるべきではありませんか？」

余は、貫くような視線で、副長を冷たく睨みつけた。「ザカリア・テイトに連絡するのは、報告すべきことがあるときだけだ」

「了解しました、上将」

副長はそれ以上なにもいわず、余はオレゴン号が隠れていそうな場所はないかと、海図に目を凝らしつづけた。

60

「貴重な警告をありがとう、ジェファーソン船長」NUMA調査船の船長が、暗号化された無線通信でオーディオクリップを再生すると、カブリーヨはいった。水中のスクリュー音を聞くために、オプ・センターでは全員が息を殺していた。

「どう解釈しますか？」ラションダはきいた。

「はっきりとはわからない」

「ポートランド号ですか？」

「いや、そうではないと断言できる」電磁流体力学機関が噴出する水の音とスクリューの音を混同することはありえない。「もう一度再生してもらえるかな？」

それから数度、再生されたとき、まだ聴力が弱いが、二週間たったのでだいぶ回復しているリンダ・ロスがいった。「会長、軍のデータベースで調べました。無線で聞いてるので実音とは多少異なってますが、コンピューターはもっとも近いものは、中国の039A型ディーゼルエレクトリック潜水艦のスクリュー音だと判断してます」

　オプ・センターにざわめきがひろがった。カブリーヨがまったく予期していなかった分析結果だった。

「中国の潜水艦だとは思ってもいなかったけど、たしかに潜水艦かもしれない」ラショングがいった。「主任科学者のメアリ・ハーパーが、水面のずっと下のスクリュー音だから、水上を航行しているのではないと思っているの」

「それに、それがこっちへ向かっているというんだね？」カブリーヨは、ラションダに念を押した。

「ええ。ハーパー博士が移動速度を計算して、三十分以内にそちらを発見する位置に達するといっているの。あなたたちが投錨している水路にはいり込むくらい、艦長がいかれたやつだったら、ということよ」

　オレゴン号は、配水管のU字管のように折れ曲がった細長いフィヨルドに難を逃れていた。〈ディープウォーター〉が二日前にその付近に来たのは、研究対象のペンギンの集団繁殖地のひとつが、フィヨルドの砂利浜《じゃりはま》にあるからだった。機能しているウエブカムで一瞬オレゴン号を見たが、視野からすぐに消えたと、ラションダはいった。

　海図によれば、そのフィヨルドには出入口が一カ所しかないはずだった。だが、U

字の形をした長いフィヨルドのまんなかの半島は、現在では島になっていた。つい最近まで、フィヨルドの出入口の近くまで、氷河が流れ落ちていたが、いまは氷が解けて、U字形のフィヨルドを横につなぐ隘路ができていた。しかし、最新の海図は数年前に作成されたものなので、それが反映されていない。

あらたにできた隘路は、オレゴン号がやっと通れる幅だった。よっぽど切羽詰まっていない限り、そこを通ろうとはしないだろう。操船をあやまったり、急激な潮に押し流されたりしたら、ギザギザの岩が船体に致命的な穴をあけるおそれがある。潜水艦がその半島の隘路を通るおそれはないが、フィヨルドのU字をまわって近づいてくる可能性はある。

「現時点では、なにごとも軽視するつもりはない」カブリーヨはいった。「テイトがきみたちの船を攻撃するおそれもある」

「でも、わたしたちは、わたしがはいりたくないような狭い水路を通ってきたのよ。ポートランド号も、ここまでは来られないでしょう」

カブリーヨは、海図を見た。〈ディープウォーター〉は、一〇海里南の山に囲まれた広い入江にいる。たしかにポートランド号はそこまで行けないだろうが、だからといってテイトがあきらめるとは思えない。

「きみたちを発見したら、テイトは小型艇かヘリコプターで襲撃するだろう。きみたちは知り過ぎているから、テイトが見逃すことはありえない。人質にとるか、皆殺しにして、〈ディープウォーター〉を沈めるはずだ。乗り込み隊に抵抗できる武器はあるか？」

「信号銃も武器のうちかしら？」ラションダが、皮肉をいった。

「テイトが持ち出すような火力とは比べ物にならないね。応援を送る」

「それはありがたいけど」ラションダがいった。「どうやってここまで来るの？」

「こっちにもヘリコプターがある」接近するのを見ても怯《おび》えないように、カブリーヨはラションダに機体記号を教えた。

「〈ディープウォーター〉のヘリ甲板は、いつでもおりられる状態よ」

「十分後に発進する」危険だということを、カブリーヨは承知していた。ヘリコプターをポートランド号に発見されるかもしれない。だが、〈ディープウォーター〉を無防備なままにしておくよりはましだと思った。

「応援、ありがとう」

「潜水艦のことを警告してくれたのに、それくらいしかできない。これが終わって、きみたちと会うのを楽しみにしているよ」

「こっちもよ」ラションダがそういって、無線を切った。

カブリーヨは、リンダのほうを向いた。「ゴメスに、ヘリのエンジンをかけるよういってくれ。マクドとレイヴンを連れていってくれ。武器を配れるように、余分に持っていったほうがいい。それから、できるだけ低空飛行しろと、ゴメスにいってくれ。ポートランド号に発見されて撃墜されるのはごめんだ」

「あたしだってごめんだわ」リンダが答えて、急いでオプ・センターを出ていった。

ドローンがあれば、ポートランド号に警戒することができるのだが、リオの戦いで使い果たし、その後、再補給するひまがなかった。

カブリーヨは、マックスのほうへ行ってきいた。「最新の負傷者報告は？」

「三人だ。ドク・ハックスリーが手当てしていて、手術の必要があるものはいないそうだ」

「それはよかった。損害報告は？」

「前回とおなじで、あまりよくない」マックスは首をふった。「左舷ベンチュリ管が、二本とも使えなくなった」

「修理できないのか？」

「乾ドックに入れないと無理だ。つまり、よくても速力は半分に落ちた。それから、推力偏向装置《スラスター》にも、かなり大きな被害がある。氷河が解けてできた隘路を、針の目に糸を通すみたいに通れるかもしれないと思っているんだろうが、傷ひとつつけずに通り抜けられる見込みはほとんどない。レーダーは使えないし、ソナーもテイトの音響眩惑装置への防御手段に使っているから、本来の目的には役立たない」

カプリーヨは、それらの情報について考えてからいった。「兵装は?」

「左舷魚雷発射管は空《から》。右舷発射管は浸水して使えない。エグゾセも発射できない。ハープーンが弾着したときに爆発しなくてさいわいだった。一日かけて修理すれば、エグゾセは使えるようになるかもしれない」

「では、残っているのは?」

マックスは溜息をついた。「一二〇ミリ砲とガットリング機関砲は、いまも機能している」

「長い連続射撃を浴びせないかぎり、どちらにもポートランド号を撃沈する威力はない。明るい報せはないのか?」

「浸水は押さえている。いまのところ、沈没するおそれはない」

「もっとひどいことになっていたかもしれない、ということだな」

「楽観的な報告ができなくてすまない」

「潜水艦が来る前にここからこっそり脱け出す時間はない。戦うしかないだろう。中国の潜水艦がこの水域にいるのは、テイトに協力しているからに決まっている」

「どうやって戦うんだ?」マックスがきいた。「魚雷がだめだし、ソナーもない。潜水艦がフィヨルドにいるかどうかもわからない」

「ソノブイがあるだろう?」

マックスは肩をすくめた。「〈ディープウォーター〉が設置したものほど強力じゃないんだ。バッテリーで航走しているディーゼルエレクトリック潜水艦を探知するのは無理だ」

「その必要はない」カブリーヨはいった。「クジラの歌が聞こえればいいだけだ」

マックスはうなずいた。「それでじゅうぶんかもしれない。ハリとマーフィーに指示して、〈ゾディアック〉からフィヨルドのU字の湾曲部近くにソノブイを投下しよう。だが、魚雷がないのに、どうやって戦うんだ?」

「潜水艦を浮上させる必要がある。マーフィーがソナーを改造したことが、役に立つかもしれない」

マックスは懐疑的な表情になったが、ほかに方法はなかった。「われわれが潜水艦を発見する前に、潜水艦がわれわれを発見したら、魚雷を二本発射し、それで勝負は終わりだ」

そのとおりだと、カブリーヨにはわかっていた。この戦略そのものが、勝算が薄いし、オレゴン号は惨憺《さんたん》たる状況に置かれている。中国の潜水艦との遭遇戦を生き延びたとしても、まだポートランド号をやりすごさなければならない。それがいよいよ不可能に思われてきた。

「潜水艦を浮上させる名案がある」カブリーヨはいった。「なにをやる必要があるか、ハリとマーフィーにこれから伝える。あんたはモーリスを見つけて、わたしのところに来るようにいってくれ」

「モーリス？」こんなときにカブリーヨが司厨長を呼び出すわけがわからず、マックスはきき返した。

カブリーヨは、マックスを重々しい表情で見た。「モーリスに重要な仕事をやってもらう。本人は嫌がるだろうとわかっているが」

61

オレゴン号の後部船艙内の油圧エレベーターが甲板から上に出て、ゴメス・アダムズが、五人乗りのMD520Nヘリコプターの着陸用橇《そり》の固縛《こばく》をはずした。多くのヘリコプターとは異なり、MD520Nには尾部ローターがない。テイルブームの細い穴から圧縮空気を噴出して、回転トルクを打ち消す。

ゴメスはヘリに乗り、できるだけ早く発進させるために、すばやくチェックリストを終えた。ゴメスがエンジン始動手順に追われているあいだに、リンダ、マクド、レイヴンが一個分隊に行き渡る数のアサルト・ライフルを積み込んだ。全員が戦闘装備と抗弾ベストを身につけていた。

「これを撃てる人間が、〈ディープウォーター〉にいるかな?」ゴメスは、リンダにきいた。

「NUMAはつねに、海軍にいた人間を何人か乗り組ませる」リンダがいった。「それに、あたしたちは武器の扱いかたがよくわかってる」

「間に合うといいんだけど」マクドがいった。

「わかってる限りでは、わたしたちはまだ見つかってない」最後の弾薬を手渡ししながら、レイヴンがいった。いまでは、キャビンには、三人がどうにか乗れるだけのスペースしかなかった。リンダがゴメスの横の座席に座り、レイヴンとマクドは、窮屈な後部に乗った。全員が、ヘッドセットをかけた。

「みんな、シートベルトを締めたか?」ゴメスがきいた。

三人がイエスと答え、ゴメスがエンジンを始動して、五枚ブレードのローターを回転させた。数秒後にはローターが最大回転数に達し、ゴメスがヘリをたくみにオレゴン号から離船させた。機首をめぐらして、それぞれの〈ゾディアック〉に乗っているハリとマーフィーの上を通過するときに手をふり、フィヨルド沿いの低空を疾《はや》く飛んでいった。

オレゴン号から〈ディープウォーター〉まで、直線飛行することもできたが、偶然、ポートランド号の上を通らないとも限らないので、できるだけ陸地上空を飛ぶようにした。ポートランド号の対空ミサイル・システムが、オレゴン号のものとおなじだとすると、テイトにあっさりと撃墜されるおそれがある。

最後の山を越えると、孤絶した入江で投錨している〈ディープウォーター〉が見えた。そこへ行く水路はきわめて狭いから、みごとに通り抜けた船長の技倆はたいしたものだった。ポートランド号が通ろうとしても、途中ではまり込んで動けなくなるだろう。

オレゴン号のヘリだというのを示すために、ゴメスは〈ディープウォーター〉の上で一周した。それから降下して、船首ヘリコプター甲板の上でホヴァリングし、甲板におりたのもわからないくらいそっと着船した。

女ふたりがヘリコプターに近づいてきた。リンダ、マクド、レイヴンがおりた。ローターを回転させたままだったので、やりとりは聞こえなかったが、女ふたりは慣れた手つきでアサルト・ライフルの弾倉を確認し、肩に担いだ。あとの武器弾薬は、レイヴンとマクドがブリッジへ運んでいった。

リンダが戻ってきて、ヘッドセットでゴメスにいった。

「あたしたちが来たことを、テイトに知られたくない」リンダがいった。「ヘリコプターが甲板にあるのをやつらが見たら、近づくときに用心するわ。不意打ちしたいのよ。オレゴン号に戻ったほうがいい」

「了解した」ゴメスは答えた。

リンダが昇降口を閉めて、あとずさった。リンダが安全な距離に離れると、ゴメスはすぐさまヘリを離船させた。

山頂近くまで行ったとき、目の隅で動きを捉えた。

ドローンだった。クワッドコプター型ドローンが、南の尾根にとまっていた。灰色の機体が見えたのは、山を覆う白い雪のなかで目立っていたからだ。ポートランド号から発進したドローンにちがいない。

ゴメスは、ドローンのことを〈ディープウォーター〉に報せたが、応答は聞こえなかった。ドローンの背後から山を越えて接近するミサイルが曳く炎に、気をとられていたからだ。

ゴメスはサイクリック・コントロール・スティックを押し込んで、ミサイルの飛翔経路の下に潜り込もうとしたが、間に合わなかった。

弾頭は直撃しなかったが、近接信管が起爆し、無数の弾子《だんし》がヘリコプターを襲った。金属片が風防に降り注いで、そのうちふたつがゴメスの頭と脚に当たった。顔を血が流れ落ち、視界を妨げたが、痛みは感じなかった。いまのところは。

爆発はエンジンにもおよび、煙が噴き出した。警報が鳴り響き、制御盤の警告灯が、ニューヨーク中心街なみに機内を赤々と照らした。

揚力が失われるのがわかり、機体が左右に激しく揺れ動いた。もう飛びつづけることはできない。

「メーデー！　メーデー！　メーデー！」ゴメスは、制御装置を必死であやつりながら、ヘッドセットに向かって叫んだ。「墜落する。くりかえす。墜落する」

応答はなかった。無線機が被弾したかどうかも、わからなかった。

その山はごつごつした形で、傾斜が急だったが、島のいっぽうに小さな氷河があった。そこのもっとも平坦《へいたん》なところに、ゴメスはMD520Nの機首を向けた。

接近するあいだに、エンジンが急にとまり、オートローテーションで滑空するのが精いっぱいになった。奥行覚《おくゆきかく》が失われていたので、白い広がりに向けて突き進んでいる速度が判断できなかった。

飛行時間数千時間の経験で、機首を起こす瞬間を判断した。早すぎると、すさまじい勢いで落下する。遅すぎると、高速で地表に激突する。

機首を起こすのが早すぎたが、ほんのわずかの誤差だった。氷河の数メートル上で浮かんでいるときに、揚力がゼロになった。機体がドスンと落ちたが、やわらかい雪が衝撃を吸収し、着陸用橇が粉雪に食い込んだおかげで、そのままの姿勢が保たれた。ローターブレードがゆっくりととまり、キャビンは異様なまでに静かになった。

ゴメスは無線機のスイッチを入れたが、空電雑音しか聞こえなかった。

そのとき、痛みがようやく襲いかかった。脚がずきずき痛み、頭も痛かった。ゴメスは手をのばして救急セットを取り、ガーゼの包装を破いて、こめかみに押し当て、血をとめようとした。太腿《ふともも》からも出血していたが、たいした傷ではないようだった。

ドローンにヘリが見つかったということは、〈ディープウォーター〉も見つかったにちがいない。つまり、ポートランド号は近くにいる。この氷河から脱出するのは、そう簡単ではないだろう。ゴメスは、座席にもたれて目を閉じた。〈ディープウォーター〉がこれから味わう恐ろしい災厄に比べれば、たいしたことはない。

62

「あのヘリコプターは、ドローンを見つけたにちがいない」ポートランド号のオプ・センターで、指揮官席についていたテイトがいった。氷河に落ちて煙をあげているMD520Nは、ポートランド号が搭載しているのとおなじ型だった。

「なんのために飛んでいたのかしら？」バラードがきいた。

「さあ。カブリーヨが〈ディープウォーター〉と連絡をとって、避難のために、派遣したんだろう」NUMAの調査船は、いまも隠れ場所の入江にいる。

「それはもうできない」ファルークがいった。「ヘリコプターは大破した」

「たしかに。だが、われわれが近くにいると、パイロットが警告したかもしれない」

「この船では行けませんね」リー・クォンがいった。「ポートランド号の大きさでは、あそこは通れない」

「ミサイルで撃沈したらどうだ？」テイトはきいた。

リーが首をふった。「ここからではロックオンできません」

「人質が必要なんでしょう?」バラードがきいた。

テイトはうなずいた。「方策を考えていたところだ。提案があるのか?」

「ポートランド号ではそこまで行けないかもしれないけど」バラードはいった。「ヘリコプターで行ける」どのみち、ヘリコプターはオレゴン号捜索には使えない。オレゴン号を発見する前に撃墜されるおそれがある。

「おれがいっしょに行きます」リーがいった。「〈ディープウォーター〉を操船して、入江から出すことができるでしょう」

「航行できるかどうかが問題だな」テイトはいった。「〈アブタオ〉が沈没する前に、ドゥルチェンコの部下が、〈ディープウォーター〉の機関室を機銃で撃った」

「〈ディープウォーター〉が航行できなかったら、ヘリに人質を乗せればいい」バラードがいった。「あるいは、往復してここへ運ぶか」

テイトは、渋い顔をした。〈ディープウォーター〉には、五十人以上が乗っているはずだ。二、三人ずつ運んでいたら、かなり時間がかかる。

「最大十人でいい」テイトはいった。「幹部だけだ。あとは始末しろ」

「念のため、爆薬を持っていきます」リーがいった。「爆破して沈められるように」

「そこまで、どれくらいかかる？」テイトはきいた。

バラードが肩をすくめた。「十分で行けるわ」

テイトはちょっと考えた。MD520Nの航続距離は二一〇海里なので、帰投するのをポートランド号がじっと待つ必要はない。〈ディープウォーター〉が逃げ出そうとしているのをバラードが見たら、ポートランド号はひきかえして邀撃できる。その気配がないようなら、ポートランド号はオレゴン号捜索に専念できる。

「わかった」テイトはいった。「きみとリーは、強襲チームを集めろ。〈ディープウォーター〉に着船し、船と乗組員を制圧しろ。科学者ばかりだから、あまり抵抗しないだろうが、応戦するやつは、容赦なく殺せ。ひとり残らず人質にとる必要はない」

「わかりました」バラードがいった。「着船したら、またヘリコプターを飛ばして、ブリッジを占領しているあいだ、掩護させます」

船艙からあがってくるヘリコプターが、メインスクリーンに映っていた。パイロットが兵装を点検している。オレゴン号のMD520Nとはちがう軍用型を、テイトは採用していた。七・六二ミリ・ミニガン二挺《ちょう》と、七発入りロケット弾ポッド二個が搭載されている。〈ディープウォーター〉ほどの大きさの船を撃沈する威力はないが、甲板上で抵抗するものがいれば、ミニガンとロケット弾で掃討《そうとう》できる。

リーがオプ・センターを出ていき、バラードも出ていこうとすると、テイトが腕をつかみ、キスをした。

「なんのため?」バラードが、笑みをうかべていった。

「キスできるときにキスするのさ」テイトはいった。「それに、きみに〝司令官〟と呼ばれるのが好きなんだ」

身を離すときに、バラードはテイトの腕を手でなぞった。出ていくときもまだ、にやにや笑っていた。

テイトがふりむくと、ファルークが薄笑いを浮かべていた。オプ・センターにいたあとのものは、わざと目をそらしていた。

「なにを見ているんだ?」テイトは、ファルークに冷笑を向けてから、指揮官席に戻った。「なんでもありません」ファルークがいったが、忍び笑いを漏らした。

テイトは、それを頭のなかにメモした。オレゴン号を撃沈し、音響眩惑装置の設計図を高額で売ったら、ファルークは無用の存在になる。

バラードが任務を終えて戻ってきたら、ファルークをどうやって殺すかをふたりで考えて楽しむことができる。

63

チームを送り届けたあとでゴメスのヘリコプターが撃墜されたと〈ディープウォーター〉が報せてきたとき、カブリーヨはテイトに対し、冷血な敵意をつのらせた。乗組員で友人のゴメスを捜しにいきたいと思ったが、いまはオレゴン号の指揮をとる責任がある。ハリがフィヨルドの入口近くに設置したソノブイが、ザトウクジラの歌を探知していた。つまり、中国の潜水艦が近づいてくる。

周囲の山頂の上を雲がたえず流れ過ぎていたが、フィヨルドの水面と大気は比較的穏やかだった。その平穏な状況が、カブリーヨの計画を実行可能にした。

フィヨルドの反対側の端の拡大画像には、なにも映っていなかった。

「信号がU字の湾曲部をまわっているのを探知しています」ハリがいった。「わたしの読みが正しければ、一分後に曲がり終えます。そのあとは、われわれをまっすぐに撃てます」

「音響眩惑装置を始動しろ」カブリーヨは、マーフィーに命じた。

「始動しています」マーフィーが、自分が工夫した粗製の音響眩惑装置を作動した。

「潜水艦のセンサーがどうなるか、見届けましょう」操舵ステーションからエリックがいった。

「効果がなかったら」マーフィーがいった。「すぐにわかるさ」

そのとおりだと、カブリーヨは心のなかでつぶやいた。潜水艦が影響を受けなかったことを示す最初の兆候は、オレゴン号の船体を打ち砕く爆発音であるかもしれない。艦長がオレゴン号を発見した瞬間に、潜水艦は魚雷を発射するはずだ。眩惑装置は、ポートランド号の魚雷をそらすのに成功したが、中国の潜水艦の魚雷をそらすことができるという保証はない。いずれにせよ、この状況では、たとえ直撃でなくても、オレゴン号は生き延びられないだろう。

「ハリ、霧発生器を作動しろ」

カブリーヨはハリとマーフィーに、遠隔操作できる大型のスモークマシンを載せた〈ゾディアック〉一艘を浮かべておくよう命じていた。

〈ゾディアック〉から白いスモークが濛々《もうもう》と吐き出された。まもなくフィヨルドのかなりの部分が、スモークに覆われた。スモークマシンは、オレゴン号が遭遇した濃霧に似たスモークを発生させるが、長くはもたない。だが、カブリーヨがこれを成功させるには、一分か二分、濃いスモークに身を隠せればいいだけだった。

「マーフィー」カブリーヨはいった。「射撃準備」

「船体扉をあけます」マーフィーがいった。扉の鋼板がひっこみ、一二〇ミリ砲が現われた。

マーフィーは、兵装モニターの照準レチクルを見つめた。メインスクリーンにも、それが映し出されていた。レチクルは、ひろがっていくスモークの中心に据えられていた。

「レーダーがないとやりづらい」マーフィーがいった。

「きみの狙いを信じている」カブリーヨはいった。

あとは、潜水艦が姿を現わすのを待つだけだった。


余海軍上将は、水測員の報告を聞いて、不機嫌になった。フィヨルドの湾曲部をまわる重大な機動の最中に、〈武宋〉はほとんど目が見えない状態だと、水測員が告げていた。

「ソナーの故障か？」余は語気鋭くきいた。

水測員は、愕然としていた。「わかりません、上将。なにかの干渉かもしれませんが、どこから発生したのかもわかりません。われわれの信号はいまも発信されていますが、フィヨルドの壁をモニターで見ることができません。進路をそれて崖や水中の障害物にぶつかるおそれがあります」

余は、自分の不運を呪った。「機関後進！　停止！」

〈武宋〉が停止するとき、船体が岩をこする音が聞こえるのではないかと、余はひやひやしたが、なんの音も聞こえなかった。まるで時間がとまったようだった。

「肉眼でたしかめながら航行するしかない」余はいった。「潜望鏡深度まで上昇」

潜望鏡をあげて、余は覗いた。潜望鏡が水面上に出ても、なにも見えなかった。今度は霧のために、目が見えない状態になっていた。三六〇度回転させたが、濃霧のために近くの崖すら見えなかった。

霧の層は低いかもしれない。潜望鏡は水面の一メートル上までしかない。霧の上まで突き出す必要がある。

「浮上しろ」余は命じた。

「しかし、こちらも姿を見られます」副長が反対した。

「この濃霧のなかで、見られるわけがない」余はいった。「ここにじっとしているわけにはいかない。浮上しろ」

副長は、疑わしそうな顔をしたが、「イエッサー」と答えた。

バラストタンクが排水され、〈武宋〉は水面を割った。

余はふたたび潜望鏡で見た。その高さだと霧がすこし薄く、晴れはじめているような感じだった。潜望鏡の向きを変え、フィヨルドの崖に激突する寸前だったと知った。岩壁は右舷艦首から五〇メートル以下に迫っていた。

余は潜望鏡をなおも回転させ、霧の帳《とばり》が切れかけているところに船影を見つけて、そこでとめた。フィヨルドの突き当たり、真正面にオレゴン号かポートランド号とおぼしい船がいた。どちらなのか、余には見分けられなかった。

「ポートランド号に連絡しろ。急げ！ 本艦の位置を告げ、ポートランド号の位置をきけ」

通信長が送信したが、余上将は応答を聞くまでもなく、重大な過ちを犯したことに気づいた。その船の舳先《へさき》から、砲口炎《ほうこうえん》がほとばしった。

「緊急潜航！」余はどなった。「魚雷1および2発射！」

一秒後、左舷艦首が爆発して、巨大な水柱があがり、〈武宋〉の船体が衝撃で揺れた。

乗組員が急いで余の命令を実行しようとしたが、無駄だと余は悟った。

二度目の砲口炎が、間に合わないことをはっきりと示した。

カブリーヨは、二発目の砲弾が潜水艦の艦首に命中するのを見ていた。徹甲弾《てっこうだん》は魚雷発射管室を貫通したにちがいない。潜水艦の艦首がすべて、すさまじい爆発を起こして吹っ飛んだ。

船体のあとの部分はしばらく水面に浮かんでいたが、やがて艦尾が空を向き、クジラが海に潜るような勢いで突っ込んだ。

オレゴン号が被雷する可能性もあったので、オプ・センターはしばらく静まり返っていた。だが、なにも起こらなかったので、全員が安心して溜息をついた。

「一発目をはずしてすみません」マーフィーが、一同に謝った。「照準システムの狙いを、微調整しないといけない」

「ああ、お粗末な射撃だった」エリックがからかった。「敵潜を撃沈するのに、二発も撃たなきゃならなかった」

「いつもあんなに下手くそだったら」マックスがいった。「ボーナスはクリスマスの一回分だけにするかもしれない」

カブリーヨは、雰囲気を壊したくなかったが、つかの間の勝利だとわかっていた。

「ハリ、潜水艦が発信した信号を傍受したか？」

ハリが、首をふった。「いいえ。でも、それだけではなんともいえません。暗号化された通信を行なった可能性があります」

「では、まだよろこぶのは早い」カブリーヨは、暗い声でいった。「テイトにわれわれの位置を精確に知られた可能性が高い」

64

ポートランド号のヘリコプターは、〈ディープウォーター〉のまわりを二度周回したが、パイロットのとなりに乗っていたバラードは、ひとりの姿も見なかった。

「船内で縮こまっているにちがいない」バラードは、無線でテイトに伝えた。

「きみといっしょに行きたかった」テイトはいった。

「わたしもあなたと交替したいわよ。オレゴン号のところまで、どれくらいで行けるの？」

「一時間だ。やつがいるフィヨルドとのあいだに島がひとつあるから、遠回りしなければならない。だが、オレゴン号がいま移動をはじめても、こっちの横をすり抜けることはできない」

「どうやるつもり？」

「砲、魚雷、ミサイル——なんでもありだ。オレゴン号が沈没する前に、骨組みしか残っていないように破壊したい」テイトがだれかと話をしているのが聞こえ、また無線に戻ってきた。「ファルークはここからエグゾセ二基で攻撃して撃沈したいといっているが、〈ディープウォーター〉とおなじで、オレゴン号がフィヨルドにいるあいだは、ロックオンできない」

「〈武宋〉と連絡がとれなくなったといったわね」バラードはいった。

「ポートランド号かオレゴン号のどちらかかもしれない船を見たと連絡してきた直後に、通信が途絶えた。通信が切れる前に悲鳴も聞こえた。余上将はカブリーヨを見くびっていて、その代償を払ったのだと思う」

「おなじ過ちを犯さないようにして」

「だいじょうぶだ。船首だけ突き出して、レーダーとソナーでロックオンする。そうすれば、オレゴン号は一巻の終わりだ」テイトはかなり有頂天になっているようだった。

「録画しておいてね。あとで見たいから」

「もちろんだ。でかいスクリーンで見よう」

「ポップコーンを用意するわ」バラードはいった。「これから着船する。人質を制圧したら連絡するわ」

「急いで戻ってこい」テイトが、無線を切った。

バラードはパイロットに、〈ディープウォーター〉の船首のヘリコプター甲板を示した。「わたしたちをおろして。わたしたちがおりたらすぐに、上昇して掩護して」

パイロットがうなずき、動かない船に向けて急降下した。甲板にヘリコプターが接地すると、バラード、リー、強襲チームのふたりが跳びおりた。いずれもヘッケラー&コッホG36アサルト・ライフルで武装し、ケヴラーの抗弾ベストをつけている。四人がひざまずくと、ヘリコプターのローターの回転がふたたび速くなった。

彼らのすぐうしろのブリッジには、だれもいなかった。バラードの見た限りでは、動きはまったくなかった。船内をひと部屋ずつ捜索することになる。

ヘリコプターが離昇するあいだ、バラードはアサルト・ライフルを構えて待った。

レイヴンとマクドは、ヘリコプターが離昇する音が聞こえるまで、ブリッジの左右で窓の下に伏せていた。レイヴンがマクドにうなずき、ブリッジの左舷ドアをあけた。マクドが同時に右舷ドアをあけた。

レイヴンは、上昇するヘリの機体を狙った。レイヴンのターゲットはエンジンだった。いっぽう、マクドはパイロットを狙い撃つ。レイヴンは連射で弾倉の全弾を放った。重要な部分に命中したらしく、タービンが黒煙を咳き込むように吐きはじめた。マクドの撃った弾丸が当たったのか、それともパイロットがゴメスほど優秀ではなかったらしく、ヘリコプターがきりもみに陥って、制御を失い、〈ディープウォーター〉のすぐそばのギザギザの斜面に向けて飛んでいった。ヘリコプターは横ざまに島に激突し、ロケット弾ポッドが爆発して、機体がバラバラに引き裂かれた。破片が下の海に落ちていった。

レイヴンは甲板に伏せた。銃弾が上の隔壁を跳ね返った。レイヴンは、ヘリコプター甲板からブリッジめがけて発砲している戦闘装備の四人と交戦する必要がなかった。そちらにはリンダ・ロスが対処する。

〈ディープウォーター〉に乗っていた人間のなかで、アサルト・ライフルを扱ったことがあるのが、海軍にいたことがあるラションダ・ジェファーソン船長と、チリ沿岸警備隊にいたことがあるアメリア・バルガスだけだと知って、リンダは驚いた。アサルト・ライフルを持ったふたりにリンダは、レイヴンとマクドを掩護し、乗り込み隊を撃退する計画をざっと説明した。

リンダたちは見張りをつづけて、ロケット弾とミニガンを備えたMD520Nが接近してくるのを発見した。計画を変更して、レイヴンとマクドが、離昇直後のヘリコプターを狙い撃って破壊することになった。

いっぽう、リンダ、ラショング、アメリアは、船首の非常階段からすばやく出てきて撃つ準備をした。ヘリコプター甲板の敵四人は、頑丈な張り出し甲板の蔭に隠れてヘリコプターを撃つレイヴンとマクドに気をとられるはずだ。

リンダには、正々堂々と戦うつもりは毛頭なかった。テイトは〈ディープウォーター〉に乗っている人間を皆殺しにしようとしている。乗り込み隊は冷酷非情に撃ち殺すしかない。

銃声を聞いたとき、リンダは手を前にふり、隠れていた三人は階段を昇り、ヘリコプター甲板にいる戦闘装備の四人を目にした。

キャスリーン・バラードがリーダーだったので、リンダはまず一発でバラードを撃ち斃した。ラショングとアメリアが、それぞれ男ひとりずつを撃った。リンダは、四人目の背中の真ん中を撃ち、その男は甲板に倒れた。二秒とたたないうちに、待ち伏せ攻撃は終わった。

「そこから掩護して」リンダは、ラショングとアメリアに命じた。ふたりとも神経を昂《たかぶ》らせていたが、自分を抑えていた。

ふたりがうなずくと、リンダはアサルト・ライフルを構えて前進した。

乗り込み隊四人のところへ行くと、男ふたりが頭を撃たれて死んでいた。ラションダもアメリアも、射撃がうまい。

キャスリーン・バラードは、仰向けに倒れ、首のひどい銃創から出血していた。

リンダは、嫌悪もあらわに首をふった。「あんたは売国奴として死ぬのよ」

バラードが、血で赤く染まった歯を剝《む》き出して笑った。

「あんたの船長だって死ぬのよ。あんたたちの船は……」声が途切れた。

リンダはかがんで、バラードの抗弾ベストをつかんだ。「あたしたちの船がどうだというの？　いいなさい！」

バラードは答えなかった。口から血を吐き、最期の息が漏れた。

ひとりだけ生き残った男は、うつぶせに倒れていた。リンダは、男を足でひっくりかえし、引き金に指をかけた。

男はアジア系で、痛みに顔をゆがめていた。

「動いたら殺す」銃口を男の顔に突き付けて、リンダはいった。

顎をしゃくって、ラションダとアメリアを呼んだ。

「この男を狙ってて」

ふたりが男に狙いをつけると、リンダは男のライフルを遠くに蹴飛ばし、着装武器《サイドアーム》を奪って、ボディチェックした。ほかに武器はなかった。背中に命中した弾丸は、抗弾ベストが食い止めていた。

「あんたの名は？」リンダが荒々しくきいた。

男が咳をしてからいった。「リー・クォン」

「役立つことをしゃべれるかしら、ミスター・リー？　さもないと撃ち殺す」

リンダが武器を持っていない人間を撃つことはないが、男はそれを知る由《よし》もない。ラションダとアメリアがぞっとした表情になったので、ふたりもそれを察していないとわかった。

「撃つな！」リーがわめいた。「なんでも知りたいことをいう」

「ポートランド号はどこ？」

「いまオレゴン号のほうに向かってる。テイトは、オレゴン号の居場所を知ってる」

「そんなことは知ってるわよ」リンダは、男の鼻に銃口を近づけた。「どれくらい離れているの？」

「一時間以内にそこへ行くだろう」リーが怯えて哀れっぽい声を出した。「オレゴン号はもう逃げられないって、テイトがいってた」

65

カブリーヨは、無残な有様になったオレゴン号のブリッジに立ち、穴だらけになった甲板の戦いの傷痕を見おろした。焼け焦げてねじれた金属が、オレゴン号がどういう損害を受けて生き延びたかを、まざまざと示《しめ》していた。クレーンは倒れ、船体には爆発で裂け目ができ、カブリーヨが立っていたところも残骸と化していたが、それでもオレゴン号には生命力が残っていた。黒ずんだ塗装や不格好な鋼板は、余人の目には醜く映ったかもしれないが、カブリーヨにとってそれらの欠点は、この海の我が家を愛する理由のあかしだった。

金属製の階段をドスンドスンと踏んでブリッジの張り出し甲板に昇ってくる足音が響き、カブリーヨは頰《ほお》をゆるめた。そちらを向かなくても、だれだかわかっていた。

「こいつはしぶといおばさんだよ」マックスがいった。「ほかの船なら、とっくに海底の船の墓場へ沈んでる」

「オレゴン号があちこちやられても耐えられるのは、あんたのおかげだ」カブリーヨはいった。「あんたはすばらしい船を設計した」

マックスが、溜息をついた。「つまり、おれはポートランド号も設計したわけだ。自分自身と戦うことになるとは、夢にも思わなかった」

「それに、いまでは両手をうしろで縛られて戦っている。テイトの船はまったく損害を受けていないし、われわれは機関の能力が半分に落ち、最低限の兵装でやっと対決しなければならない。推力偏向装置《スラスター》を修理してくれたのは、ありがたい」

〈ディープウォーター〉への強襲をチームが打倒したと、リンダが手短に報告したときも、見通しは明るくならなかった。ポートランド号がオレゴン号を目指している、とリンダは告げた。

「それでも、おれたちには反撃する力がある」マックスがいった。「潜水艦がフィヨルドの底に沈んでいるのが、その証拠だ」

カブリーヨは首をふった。「それだけではじゅうぶんではない。テイトには魚雷もミサイルもある」

「防御用のガットリング機関砲があるし、マーフィーの疑似音響眩惑装置は、魚雷をそらすのに役立った」

「テイトは、前回に魚雷を発射したときになにが起きたかを見た。抜け目のないやつだから、おなじ過ちは二度と犯さないだろう。魚雷を有線誘導するにちがいない。わたしたちは狙いやすいターゲットになる。それに、ふり切ることもできない。海図を見た。逃げようとしても、簡単に追いつかれる」

マックスは、カブリーヨのとなりで手摺にもたれた。「ずいぶん悲観的だな。あんたがあきらめるのは、一度も見たことがない。まさかテイトに降伏することを考えてるんじゃないだろうな？」

「降伏すれば乗組員が助かるのなら、降伏してもいい。だが、テイトのやり口はわかっているだろう。わたしを殺し、オレゴン号を沈めるだけでやめるようなやつじゃない。戦いの生存者をひとり残らず殺し、それから〈ディープウォーター〉のところへ行って、そっちも始末するはずだ」

「それじゃ、戦うしかない」マックスが、決然といった。「悪くない死にかただ」

「死にたくはない。オレゴン号の乗組員をひとりも死なせたくない。だから、方策はひとつしかないんだ」

「モーリスは、あんたが指示したことを嫌がっていた。おれも、これからあんたがいうことは、聞きたくない」

カブリーヨは、フィヨルドの入口と現在位置を隔てている半島にできた細い隘路を指差した。口をひらこうとしたとき、電話が鳴った。こんな孤絶したところでも、船内通信網からの電波は届く。カブリーヨは電話に出て、スピーカーに切り替えた。

「どうした、ハリ?」カブリーヨはきいた。

「またリンダから連絡です」

「つないでくれ」

接続されるカチリという音が聞こえた。「リンダ、マックスもここにいる。最新情報は?」

「リー・クォンがあらいざらい吐きました。使えそうなことを、いいましたよ」

「ポートランド号に、おれたちが狙える重大な欠点があるのか?」マックスがきいた。

「たとえば、幅二メートルの排気口があって、一発で船体全体を吹っ飛ばせるというようなな?」

「だといいんだけど」リンダがいった。「でも、リーは、ペンギンの集団繁殖地を観察するために〈ディープウォーター〉が設置したウェブカムを使って、テイトが監視してるっていったの。動画に〈ディープウォーター〉が映ってるのも見たそうよ」

「このフィヨルドにも、ウェブカムがあるんだな?」長い谷間のほうを向いて、カブリーヨはきいた。「半海里先の岸にペンギンがいるのが見える」ペンギンはさきほどの爆発を気にしていないようだった。氷が割れたり、氷河が分離したりする音に、慣れているのだろう。

「それがおれたちにどう役立つのか、わからない」マックスがいった。「しかし、害にはならない。調べたが、カメラは反対のほうを向いている。いまのテイトには、おれたちが見えない」

「あたしはディープフェイクのテクノロジーのことを考えてたのよ」リンダがいった。

「ジェファーソン船長が、ウェブカムは遠隔操作でアップデートできるといってる。エリックとハリにアクセスコードを教えたら、フレーム内にオレゴン号がいるように見せかけるソフトウェアをインストールできるんじゃないの？　オレゴン号の偽の位置情報をテイトに信じ込ませたら、貴重な数十秒が稼げるかもしれない」

マックスがカブリーヨの顔を見て、うまくいくかなというように、渋い顔をした。

「使えそうなオレゴン号の映像がある」

「微妙なやりかたでないとだめよ。あまりあからさまだと、偽物だとテイトに見抜かれる」

「エリックとハリに、さっそくやらせよう」マックスはいった。自分の電話を出して、

いったか?」

「その前に」カブリーヨはいった。「リーはポートランド号の現状について、なにかいったか?」

「自分が出発したときには、なにもかも完全に機能していたといってた。でも、テイトはキャスリーン・バラードの死に打ちひしがれるはずだというの。ふたりは愛し合ってたと、リーは見ていた」

「ありがとう、リンダ。それは役に立つ。では、ハリに切り替える」

マックスが電話をしまっていった。「テイトが来る前に、一時間以内にやれると、エリックは考えてる」だが、効果を疑うような顔をした。「たいしたちがいはないんじゃないか。やはりおれたちのほうが、かなり不利だ」

カブリーヨは、氷河が削られてできた隘路の壁を、ふたたび見やった。リンダの案のおかげで、正気の沙汰《さた》とは思えない計画が、いくらか現実味を帯びた。

「ほんのわずかな利点でも、役立つかもしれない」カブリーヨはいった。「それが生と死の分かれ目になるかもしれない」

66

ポートランド号は、フィヨルドに向けて高速で島をまわり、オレゴン号を三十分後に邀撃できるはずだった。だが、テイトは、バラードから連絡がないことのほうが、気になっていた。〈ディープウォーター〉を乗っ取ったら報告することになっていたのに、なにも連絡がない。

「もう一度無線で呼び出せ」テイトは、ファルークに命じた。

ファルークが送信し、しばらくして首をふった。「応答がありません」

テイトは、それがなにを意味するかを考えて、気を揉んだ。「バラードの無線機が故障したのか？」

「かもしれません」ファルークがいった。「でも、ヘリコプターとも連絡がとれないんです」

テイトは不安に思ったが、気を散らすわけにはいかない。オレゴン号攻撃の準備を整えなければならない。「魚雷の誘導システムは変更したか？」

ファルークがうなずいた。「有線誘導のみにしました」

「オレゴン号の乗組員に対して、また音響眩惑装置を使う」

「前回、使ったときには、効果がなかったみたいです。対抗手段を開発したにちがいない」

「そんなことはわかっている！」テイトが、吐き捨てるようにいった。「オレゴン号を撃沈したあと、救命艇で逃げようとしたときに使う。やつらを苦しめたい」

「名案です。救命艇には対抗手段を取り付けないでしょう」ファルークが、不意に片手で一本指を立て、反対の手でヘッドセットを押さえた。「バラードの無線機からです」

テイトは座席から跳び出し、安堵《あんど》に包まれた。「つないでくれ」

「つなぎました」

スピーカーから、女の声が聞こえた。バラードではなかった。

「ザカリア・テイト？」女がいった。

「おまえはだれだ？」テイトは語気鋭くきいた。動悸《どうき》が速くなった。「キャスリーンはどこだ？」

「ほかのひとに説明させるわ」

間があり、聞き慣れた声が耳に届いた。

「こんな形で連絡しなければならないのは、あんたのせいだ」カブリーヨがそういったので、テイトは度肝《どぎも》を抜かれた。「わたしの電話に出ないからだ」

一瞬、テイトは言葉を失った。

「わたしから連絡があって、びっくりしているんだな」カブリーヨはなおもいった。ようやくテイトは口をきくことができた。「おまえが〈ディープウォーター〉にいるはずはない」

「いるように思い込ませることができれば面白いが、そのとおりだ。キャスリーン・バラードの無線機を使って、リンダに接続してもらった。あんたの恋人はもう無線機を使っていないからな。バラードと話をしようとして、あんたがひっきりなしにしつこく呼びかけてくると、リンダがいっている」

「彼女はどこだ？」テイトがうなるようにいった。

「バラードか？　現在、死んでいる。殺したいと思ったわけではないが、わたしの部下を殺そうとしたから、正当な措置《そち》だ」

「信じるものか」

「まあ、希望的観測はご自由に。彼女が生きていたら、彼女の無線機を使ってあんたと話ができると思うか？」

テイトは、カブリーヨのひとりよがりの表情を見ることはできなかったが、想像はできた。考えるだけで、怒りが沸騰《ふっとう》した。

「殺してやる」

「何度もあんたはそういっているが、まだ実現していない。それに、無理だと思う。もっとも、これから何度もやろうとするだろうな」

「いまわたしは、オレゴン号に向けて進んでいる」テイトはいった。「〈武宋〉が位置を報せた」

「それが、艦首を吹っ飛ばされて一二〇メートルの深さに沈んでいる中国の潜水艦の艦名か？」

「ひとりよがりのろくでもない勝負をつづけるがいい」テイトはいった。「だが、おまえのところへ行く。わたしがオレゴン号を撃沈するのを、何事も阻止できない」

「この〝ろくでもない勝負〟をはじめたのはそっちだ。わたしが終わらせる。わたしを斃しに来い、テイト」

信号が、突然途絶えた。

テイトは、獰猛《どうもう》な叫び声を発し、足が痛くなるまで座席を蹴った。

ファルークが、咳払いをした。「司令官、これを見たほうがいいです。オレゴン号が隠れているフィヨルドの生動画です」メインスクリーンを指差した。

ペンギン集団繁殖地に取り付けられたウェブカムの動画だった。のんびりと横たわっているアシカのあいだをちょこまか歩きまわっているペンギンのうしろから、ゆっくりと動いているオレゴン号が視界にはいってきた。船体がひどく傾いていて、ポートランド号が現われるはずのフィヨルドの突き当たりに、船首砲を向ける動きをしていた。上部構造から薄い煙が立ち昇って、全天を覆う低い雲のなかに消えていた。

テイトは、スクリーンの画像に怒りを集中し、ファルークにいった。「われわれは姿を見せる必要もない。この画像をもとに、魚雷を誘導できるか？」

ファルークがうなずいた。「問題ないでしょう。でも、狭い場所で誘導したくはないです」

「ウェブカムの画像を監視して、移動していないのをたしかめろ」テイトは、海図を見た。「フィヨルドの湾曲部に達したところで、崖の蔭から魚雷を発射する。その時点では、カブリーヨはわれわれが到着したことを知る由もない」

テイトは、バラードとの約束を思い出した。オレゴン号の最期の一瞬を、バラードは見ることができない。だが、自分は見る。それから、バラードの復讐をするために、〈ディープウォーター〉を追いつめる。

67

カブリーヨはオレゴン号の甲板で、ホヴァーバイク《HOB》のそばに立っていた。ゴメスの小型ドローンに似た形だが、それを大型にして、強化してある。差し渡しが五メートルあり、プロペラは六つ、ふたり乗りで、自転車のような座席とハンドルバーがそれぞれにある。シートベルトと鐙《あぶみ》も備わっている。乗っている人間の手がブレードに切り裂かれることがないように、保護用ケーシングがプロペラを覆っている。

リンクが、五〇口径のバーレット・アンチマテリアル・ライフルを肩にかけて、カブリーヨに近づいた。できるだけ軽くなるように、予備弾薬以外はなにも持っていなかった。といっても、元ＳＥＡＬ隊員のリンクの巨体は、かなり重い。

「念のためにいうけど、これで操縦をやらない乗客になるのは、あまり気が進まない」リンクがいった。

ＨＯＢには、パイロット用の操縦装置はない。それも軽量化の一環だった。ＨＯＢ

は遠隔操縦で、搭載された小さなカメラとセンサーを頼りに誘導される。

「かなり安定してるよ」マーフィーが、うしろからいった。「ゴメスが、これを飛ばすのにおれが知らなきゃならないことを、すべて教えてくれた」

「ゴメスが、知っていることをすべて、きみに伝授したのか？」ゴメスの消息は不明だったが、カブリーヨはあえて現在形を使った。

「すべてじゃないかもしれない。あとは自分でやれる」リンクに見えないように、マーフィーはカブリーヨにウィンクした。

「いいかげんなことをいうな」リンクが、巨大な弾薬が収まっている弾倉を、あてつけがましく確認した。「この弾薬は、射程が三キロなんだぞ」

マーフィーが、降参して両手をあげた。「ベストを尽くすよ」

最後にエディーが加わった。持っているのは高性能な双眼鏡だけだった。エディーはリンクの弾着観測員をつとめる。ふたりとも白いカムフラージュの寒冷地用装備を着込み、ゴーグルを首から吊るしていた。

「あそこは寒いだろうな」エディーが、目的の場所である氷河の頂上を指差した。

「魔法瓶にコーヒーを入れて持ってくればよかった」

「心配しないで」マーフィーがいった。「連絡してくれたら、すぐに連れ戻すから」

　リンクとエディーは、ポートランド号が到着したことを、カブリーヨに事前警告する。氷河の頂上は、下のフィヨルドをほとんど見渡すことができるが、氷上を登攀《とうはん》するような時間の余裕はない。間に合うようにそこへ行くには、HOBを使うしかなかった。

「重さのバランスをとるために、リンクが前に乗る必要がある」

　リンクが、カブリーヨのほうに片手を差し出した。いつになく真剣な表情になっている。

「会長、会長とともに働くのはたいへんな名誉です」

　カブリーヨは、リンクの手を握っていった。「わたしもおなじ気持ちだ」

　リンクがHOBに乗り、エディーもカブリーヨと握手を交わした。

「こんなことをやるなんて、信じられませんよ」エディーがいった。「ぞっとしないけど、よくわかっています。ベストを尽くします、会長」

「そう信じている、エディー」カブリーヨはいった。「わたしもベストを尽くす」

　エディーがHOBに乗り、カブリーヨは鼻をすすっているマーフィーのそばまでさがった。

「風邪を引いたみたいだ」マーフィーがぼそぼそといったが、声を詰まらせていることに、カブリーヨは気づいた。

リンクとエディーが、親指を立てて、ゴーグルをかけ、ハンドルバーを握った。

マーフィーが、操縦タブレットをタップし、HOBのプロペラが回転しはじめて、巨大なマルハナバチの六重奏のような音をたてた。

HOBがゆるやかに甲板から離昇し、機体を傾けて氷河を目指した。三〇〇メートル近い高さの尾根の頂上近くまで上昇すると、着陸できる平坦地をマーフィーが見つけた。徒歩だと何時間もかかるはずだが、一分以下で到達できた。

リンクとエディーが、手をふりながらHOBからおりた。カブリーヨは通信システムのスイッチを入れた。

「感明度は？」

「良好です」エディーが答えた。「見晴らしがきくところへ行くのに、五分もかからないでしょう」

「よし、位置に着いたら報せてくれ」

「了解です」

カブリーヨは、タブレットをポケットにしまっているマーフィーのほうを向いた。

「ムーンプールに行こう」

重要な戦いの前には艦内を見まわるという海軍の伝統にしたがって、カブリーヨはひとしきり歩きまわったが、もう一度見まわることができるのはうれしかった。近くの水密戸を通って、階段をおりるときに、マーフィーがいった。「操船機能はすべて、指揮官席に移してあります。なんでも指先ひとつで動かせますよ」

「ありがとう、マーフィー」カブリーヨはいった。「きみはたぐいまれな仕事をやってくれた。それをいっておきたかった」

マーフィーが黙ってうなずいた。めったにないことだが、無口になっていた。

ムーンプールに着くと、あわただしい動きが目にはいった。潜水艇二隻のまわりに、乗組員が群がっている。〈ゲイター〉は水に浮かべられ、〈ノーマド〉はガントリークレーンで、その上に吊りおろされていた。

エリックとハリがやってきて、マーフィーの横に立った。若い幹部三人が落ち着いていることに、カブリーヨは感心した。

「〈ゲイター〉は発進準備ができました、会長」操縦を担当するエリックがいった。

「ありがとう、ストーニー」カブリーヨはいった。「隠れていてくれ。沿岸から敵を《コースト・イズ・》一掃《クリア》する。文字どおりの意味だ」

「そうします。順調な航海を祈ります」

カブリーヨは、エリックの肩に手を置いた。「やるべきことをやってくれると、わたしにはわかっている。つねにそうだった」ほろ苦い笑みを向けてから、ハリのほうを向いた。「〈ディープウォーター〉と連絡を維持してくれ。ここでなにが起きるか、伝えてほしい」

「アイアイ、会長。成功を祈ります」

「きみたちも」

三人の若者が〈ゲイター〉に乗った。マーフィーが最後で、ハッチを閉める前に、カブリーヨを最後にもう一度見た。すぐに〈ゲイター〉は水に潜って、見えなくなった。

カブリーヨが上を見ると、マックスが歩路《キヤツトウオーク》にいて、〈ノーマド〉を載せている架台を誘導していた。カブリーヨが階段を昇って、マックスのそばに行ったときには、〈ノーマド〉はムーンプールに浮かぶところだった。

「あんたがさよならをいうのを見たよ」マックスがいった。「みんな、心からあんたを尊敬しているんだな」

「これ以上すばらしい乗組員は望めない。乗組員といえば、全員、救命艇に乗せたか？」

マックスが、自分がやっている作業から目を離さずに答えた。「一艘目は発進した。二艘目もまもなくおろされる」

潜水艇二隻では全乗組員を収容できないので、ポートランド号に攻撃されるおそれがあるとはいえ、救命艇を使わざるをえなかった。だが、カブリーヨの任務が計画どおりにうまくいけば、乗組員の身に危険が及ぶことはない。全員と握手したいと、カブリーヨは思っていたが、時間がなかった。

「モーリスはどこだ?」

「あんたが命じた仕事をまもなく終える」マックスが不服そうにいった。

「この決定が正しいと、わかっているはずだ」

マックスは作業に集中していたので、答えなかった。〈ノーマド〉が水面におろされると、技術員がガントリークレーンから切り離し、マックスは架台を脇に移動させた。制御装置を置くと、ようやくカブリーヨのほうを向いた。

「おれがあんたといっしょに残るようにしなかったのは、まちがった決定だぞ」

「テイトはわたしの問題だ。テイトのことで、あんたも含めた乗組員にすくなからず迷惑をかけてきた」

マックスは、視線をそらさなかった。「あんたはいつも、自分のことよりも、ひとのことを気にかけるんだな」

カブリーヨは、強《し》いて笑みを浮かべた。「それが致命的な欠点なんだ」

「そして、最大の強みでもある。だから、テイトは勝負に負けるだろう」

「成功を目指してがんばるよ。ジュリアによろしくいってくれ。この数時間、忙しすぎて会えなかった」

「伝えよう」マックスが、思いがけず、カブリーヨをベアハグした。

「あとで会おう、友よ」カブリーヨはいった。

「この世か、それともあの世で、きょうだい」マックスが答えた。

マックスが、カブリーヨを押して離し、最後に一瞥《いちべつ》してから、潜水艇の発進準備を再開した。

カブリーヨはムーンプールを出て、船尾に向かい、途中で船室に寄って、小さな箱を持ち出した。だれにも会わずに、なにもない通路を進んでいった。全員が去ると、船内はやけにうつろな感じになった。

階段を昇り、後甲板に出た。ゴメスのヘリコプターがあるはずの、がらんとしたヘリコプター甲板が目の前にあった。ゴメスがなんとかして生き延びていることを、カブリーヨは願った。

扇形甲板の端まで行くと、二艘目の救命艇がオレゴン号から遠ざかっているのが見えた。カブリーヨは、見あげている乗組員たちに敬礼し、乗組員たちがもの悲しく手をふって応えた。

いまの旗竿《はたざお》には、イラン国旗が翻《ひるがえ》っている。偽装のために、オレゴン号はイラン、シリア、ミャンマーなど、アメリカと友好的ではない国や、パナマやリベリアのような主要船籍国の商船旗を使うことが多い。アメリカの船であることを、ごまかしやすいからだ。

だが、オレゴン号が一度も掲げたことがない国旗がひとつだけある。

カブリーヨは、イラン国旗をはずして、海に投げ込んだ。持ってきた小箱をあけて、べつの折りたたんだ旗を出した。青地に白い星が、くっきりと描かれている。

甲板に触れないように気をつけながらひろげて、旗綱に取り付けた。アメリカ合衆国の星条旗が軽風にはためくように、たしかな手つきで旗竿に掲揚した。

いましがた気落ちしていた救命艇の乗組員が、遠くで歓声をあげるのが聞こえた。

カブリーヨはそれに応えて、拳を突きあげた。

カブリーヨがオレゴン号とともに沈むときには、母国のためにそうするようにしたかった。

オレゴン号は重傷を負ったが、まだ戦意が残っている。しかし、テイトの皆殺しの復讐計画に、乗組員を巻き込むわけにはいかなかった。マーフィーのおかげで、この最後の責務では、カブリーヨ独りで操船できる。

カブリーヨは、ポートランド号にオレゴン号を体当たりさせるつもりだった。

68

テイトはまだカブリーヨとの電話に怒りを煮えたぎらせていたが、狙いどおりの場所にオレゴン号がいることがわかった。ペンギンがいる岸近くで、オレゴン号はいまも静止している。この三十分間、まったく動いていない。

テイトは頭のなかで、オレゴン号の死を思い描いた。フィヨルドの湾曲部の安全な位置から、これまでの被害がもっとも大きかったオレゴン号の左船腹めがけて魚雷二本を発射する。みごとな水柱二本が、空に高々と噴きあがり、オレゴン号が爆発で揺れる。大きな穴から海水がなだれ込んで、たちまち船体が傾く。

そこで、ポートランド号は湾曲部をまわり、高解像度のカメラでオレゴン号の悲惨な有様を撮影する。エグゾセを全基発射し、オレゴン号が撃ち落とそうとするのを眺める。それと同時に、一二〇ミリ砲とガットリング機関砲で猛射を浴びせるよう命じる。甲板に出て逃げようとするものがいれば、ずたずたに引き裂く。

最後に、それまでに破壊しつくされたオレゴン号が、転覆し、まっぷたつになる。竜骨《キール》を上にして沈没するという、恥ずかしい姿をさらけ出す。そのあと、生存者をすべて始末してから、〈ディープウォーター〉のところへ行き、それも破壊する。

カブリーヨをそばにいさせて、それを眺めさせることができないのが、ただひとつの心残りだった。電話して、慈悲を乞《こ》うよう仕向けてもいいが、たぶん電話にはでないだろう。どうでもいい。カブリーヨは、叩きのめされたことを知るはずだ。それで満足するしかないだろう。

「フィヨルドの入口に到達しました」ファルークがいった。「ドローンを飛ばして、位置を確認しますか？」

「ドローンが見つかるおそれがある」テイトはいった。「やつらはちょっと怯えるだろうが、それだけのために到着したことをカブリーヨに教えるべきだと思うか？」

ファルークが、ぎょっとしたような顔をした。「それは考えませんでした」

「おまえは優秀なエンジニアだが、ファルーク」テイトはいった。「戦術に関しては、かなり間が抜けている。われわれが到着したことをわざわざ教える必要がどこにある。カブリーヨの愛するオレゴン号の船首に魚雷が致命的な被害をあたえた瞬間に、それがわかるようにすべきなのだ」

スクリーン上で静止しているオレゴン号をもう一度見てから、テイトは操舵員に命じた。「パーティの時間だ。回頭しろ」

ポートランド号は、フィヨルドにはいった。

リンクとエディーは、尾根のてっぺんの体を安定できる高みを見つけて、フィヨルドの入口を見霽《みはる》かしていた。そこに伏せていると、フィヨルドの奥の直線部分に通じる隘路の開口部が見えた。ふたりの現在位置からオレゴン号を見ることはできない。だが、狭隘《きょうあい》なそこを抜けてくれれば、見えるはずだった。

「会長、ポートランド号がフィヨルドにはいろうとしています」ポートランド号が急回頭して近づいてくるのを観察しながら、エディーがモラーマイクで報告した。

「受信した」カブリーヨはいった。「わたしは位置についている。航走を開始するタイミングを教えてくれ」

「了解しました」

「これが成功する見込みは、どれくらいあると思う?」アンチマテリアル・ライフルの望遠照準器を覗いていたリンクが、エディーにきいた。

「わからない」エディーは答えた。「機関の能力が半分でも、オレゴン号はかなりの速力が出せる。すさまじい力がある。テイトが衝突をよけられなかったら、ポートランド号を沈没させるにはじゅうぶんだろう」

「そうでなかったら？」

エディーは、双眼鏡をおろして、リンクの顔を見た。「そのときは、ポートランド号がわれわれの仲間を皆殺しにする。わたしたちは、それを見ているだけで、なにもできない」

「爽やかな明るい見通しをありがとうよ」リンクがいった。

「あんたがきいたんだ」

「つぎは嘘をつくようにしろ」

エディーは、双眼鏡で観察をつづけた。ポートランド号は完全にフィヨルドにはいり、そこから隘路の開口部に向けて進んでいた。エディーはポートランド号の速力と距離を見積もって、隘路の向こう側の開口部に達する時間を推算した。ポートランド号に衝突させるためには、カブリーヨはターゲットが見える前から突進を開始しなければならない。カモ撃ちのハンターとおなじように、未来修正（動いている目標の前方を照準して命中させるための修整）する必要がある。ただし、今回は獲物と弾丸が、おなじ一一〇〇トンの船だ。

「会長」エディーが無線で呼びかけた。「ポートランド号はフィヨルドの中心、われわれの側から距離二五〇ヤードです。現在の速力だと、会長の真正面に四十五秒後に到達します」

「了解した」カブリーヨはいった。「航走を開始する」

エディーは、双眼鏡をおろしたが、ポートランド号が針路を変更した場合に備え、監視をつづけた。

エディーはそっとつぶやいた。「よい猟果を祈ります、会長」

マーフィーとハリは、〈ゲイター〉の狭い展望塔にエリックとともに立っていた。オレゴン号を最後にひと目見られるように、〈ゲイター〉は浮上していた。オレゴン号の船尾から水が噴き出し、氷河の隘路に向けて加速するのを、三人は見守った。

「やはりかなり狭い」氷河で削られた谷間の隘路にオレゴン号が近づくと、ハリはいった。「それに、奥へいくほど狭くなっているみたいだ」

「会長は、ぼくが会った船乗りのなかでいちばん操船が上手い」やはり操船の名手のエリックがいった。「あんなに幅が狭いところを通れるのは、会長しかいない」

「右舷ベンチュリ管しか使えないのに直進するのは、難しいんじゃないか?」マーフィーがいった。

「マックスが、推力偏向装置を修理したといってた」エリックがいった。「会長がそれを最大推力で右に噴射すれば、オレゴン号は直進できるはずだ」

エリックがそういったとき、オレゴン号が隘路に突入した。

「がんばれ、会長」エリックが、声を殺していった。「腕の見せどころですよ」

数秒後には、オレゴン号は狭隘な水路に呑み込まれていた。


カブリーヨは、まばたきもせずオプ・センターのメインスクリーンを見ながら、指揮官席のアームレストのジョイスティックを使い、オレゴン号の針路を調整していた。マーフィーがLiDARシステムを改良し、水路の岩壁に近づきすぎると警報が鳴るようになっていた。コンクリートの柱二本のあいだのスペースに車をバックで入れるときにドライバーに注意する、新型車のセンサーのようなものだった。警報はひっきりなしに鳴っていた。

指揮官席のシートベルトをこれほどきつく締めるのは、はじめてのような気がした。オプ・センターにだれもいないのは、奇妙な感じだったが、危険にさらされるのは自分独りだと思うと、気が楽になった。カブリーヨは、左舷と右舷のカメラの映像を交互に見ながら、息を呑みそうになるのをこらえた。左右ともに、ギザギザの岩壁の映像がスクリーンにひろがり、鋭い歯がいまにもオレゴン号を嚙み砕こうとしているように思えた。

隘路を四分の三まで行くと、潮流にひきずられて針路がそれた。船体から鋼板が引きちぎられて、哀れっぽい金属音が響いた。カプリーヨはすばやく針路を修正した。いまさら速力を落とすのは無意味だ。隘路の出口が前方にあり、ポートランド号の船首が突き進んでいるのが見えた。

ついにこの瞬間が来た。あとはやるだけだ。カブリーヨは、スロットルを全開にして、装甲がほどこされている船首がポートランド号の船体中央に激突するように、狙いを定めた。

「感《コンタクト》あり、左舷正横！」ポートランド号の電測員が叫んだ。

「画面に出せ」テイトは命じた。

左舷カメラの映像が表示され、オレゴン号が突進してくるのを見て、テイトの血が凍った。

「やめろ！　やめろ！　そっちは氷壁のはずだ」海図には隘路などなかったが、スクリーン上でオレゴン号が、まるで悪夢でも見ているように、異様な早さで大きくなった。

「全速前進！」テイトはわめいた。

「全速アイ！」操舵員が答えた。

「行け！　行け！」テイトはわめいたが、乗組員の反応は遅すぎた。衝突を避けるすべはなかった。

テイトはシートベルトを締めようとしながら、他人に注意したことを、自分がやってしまったことを悟った。カブリーヨを見くびっていた。

カブリーヨが自分の船を犠牲にするとは、考えてもいなかった。


エディーの動悸が速くなった。オレゴン号が分身のどまんなかに突っ込む恐ろしい光景を見ているだけで、なにもできない。

誇りと悲しみをこめて、リンクがいった。「やりましたね、会長」

オレゴン号の船首が、敵の心臓に短剣を突き立てるように、ポートランド号の船体に突っ込んだ。ポートランド号の厚い鋼鉄の船体が、まるでティッシュペーパーのようにあっさりと引き裂かれた。オレゴン号は、ポートランド号の中央に食い込むまで、停止しなかった。二隻の構造がまったくおなじだとすると、ポートランド号のオプ・

センターが、衝撃の大部分を食らったはずだと、エディーは推測した。

貨物船二隻は、いまや一体となっていた。オレゴン号は獲物に突き刺さった返し付きの銛《もり》で、もはや引き抜くことはできない。衝突の勢いで、ポートランド号は反対側の崖まで押され、合体した二隻はそこでようやく停止した。激突した場所から、濃い黒煙が立ち昇った。

エディーは、モラーマイクで呼びかけた。「会長、聞こえますか？　会長」

応答はなかった。

69

テイトは頭をはっきりさせようとしてふったが、首の鞭打《むちう》ち症を悪化させただけだった。目をあけると、オプ・センターは完全に破壊されていた。シートベルトを締めていたのはテイトだけで、それでも指揮官席が三〇度斜めになっていた。動いているものはいない。床に転がっている死体は、オレゴン号の錆びた船体に押し潰され、見分けがつかなくなっていた。メインスクリーンがあったところから、オレゴン号の船首が突き出していた。

導管が壊れて露出したコードから火花が散り、クラクションが鳴り、非常灯がまたたいていた。テイトは、アームレストの画面で船の状況を確認しようとしたが、いくつもの警告灯がついたり消えたりしているだけだった。

機関停止。兵装使用不能。消火システム機能停止。複数の区画に浸水。船体の傾斜がとまらない。

オレゴン号がポートランド号の船体にうがった穴は大きく、沈没は時間の問題だった。脱出しなければならない。

テイトはシートベルトをはずしたが、あらたな警報が鳴り、注意を喚起した。火災警報だった。

テイトは画面を見て、ポートランド号の見取り図の三次元映像を拡大した。弾薬庫のとなりの区画で激しい火災が起きている。そこの砲弾からミサイルに引火したら、船体がまっぷたつに引きちぎられるはずだ。

右から悲鳴が聞こえ、テイトが目を向けると、床からもぎ取れたコンソールでファルークが隔壁に押さえ込まれていた。助けを求めて哀れっぽく片腕をのばしていた。

「助けて、司令官！」ファルークが叫んだ。「動けない」

テイトは首をふった。「わたしを失望させた報いだ。ひとりでなんとかしろ」

テイトは、オプ・センターから駆け出した。ファルークの苦しげな叫びが、うしろに遠ざかった。

もっとも近い階段を目指したが、そこは通れなくなっていた。テイトは急いでひきかえし、べつの通り道を探した。その通路は落ちた梁《はり》や漏れているパイプがもつれていた。そこを通ろうとすれば、感電するにちがいない。

三番目に試したのは、射場と武器庫だった。そこでオレゴン号の船体に行き当たった。鋼板がめくれて、テイトが通れるような大きな穴があいていた。脱出できる場所は、そこしかないようだった。

しかし、危険な逃げ道でもあった。ひょっとして、オレゴン号の乗組員が待ち構えていて、自分たちの船を通って逃げようとするときに殺そうとするかもしれない。武器を用意したほうがいい。

テイトは射場に駆け戻り、内側のドアから武器庫に飛び込んだ。G36アサルト・ライフルを壁から取り、予備弾倉二本とフラッシュライトを持ってひきかえした。

オレゴン号とポートランド号が合体している部分に達すると、テイトは暗い穴にG36を向けた。フラッシュライトをつけると、前方の通路は無人だった。

この経路に敵影はない。テイトは、オレゴン号の船内にはいった。

カブリーヨは、シートベルトをはずして、怪我がないかどうか調べた。すさまじい衝突にもかかわらず、かすり傷ひとつ負っていなかった。オレゴン号についてそういえないのが無念だった。

オレゴン号がこれまでたいへんな打撃に耐えてきたことが、カブリーヨには自慢だったが、今回の衝撃で、推進機関が修繕できないほど損壊した。瀕死のポートランド号から脱け出すために、後進させようとした。オレゴン号は反応しなかった。もうどこへも行けない。

オレゴン号を棄てるしかない。舷側と船首から海水が流れ込んでいた。非常用隔壁の一部が閉鎖されていたが、それだけでは浸水を食い止められない。オレゴン号の寿命の終わりを告げる時計が動きはじめ、やがて最期が訪れるはずだった。

カブリーヨは、エディーと連絡をとろうとした。通信が途絶していた。オレゴン号はまもなく、深さ三〇〇メートルの海底に沈む。その前に船外に出たい。

カブリーヨは、水密戸のほうへ行き、オプ・センターに最後の一瞥をくれた。オプ・センターはカブリーヨの好きな場所で、そこにいると安心できた。きわめてつらい任務の最中に、幹部乗組員とそこで味わった仲間意識を、カブリーヨは大切にしていた。だが、オプ・センターは空虚になっていた。そこもオレゴン号も、本分を尽くしたのだ。

去る潮時だ。

カブリーヨは向きを変え、必死で走った。

70

エディーとリンクは、オレゴン号の甲板に動きが見えないかと、双眼鏡とライフルのスコープの向きをあちこちに変えて血眼《ちまなこ》で捜したが、なにも見えなかった。

「生きているなら」リンクがいった。「もう見つけてるはずじゃないか」

「オレゴン号を救おうとしているのかもしれない」エディーは答えた。

「無理だろう。右舷にあんな大きな裂け目ができてる」

ポートランド号の甲板の動きが、エディーの目を惹いた。数人がよろけながら、損傷していない救命艇に向かっていた。

「あれはなんだ？」リンクがいった。

「どこだ？」エディーは、オレゴン号に視線を戻した。「会長が見えたのか？」

「ちがう。ポートランド号のほうだ。まんなかあたりでなにかが光ったような気がした」

エディーは、ポートランド号に双眼鏡の焦点を合わせた。「なにも見え——」

巨大な火の玉がポートランド号の船体中央から噴きあがり、甲板にいた数人を呑み込み、船体のかなり大きな破片が宙に吹っ飛んだ。数秒後、衝撃波がエディーとリンクのところに届いて、鼓膜を襲った。

「すげえ！」リンクがいった。

「そんな文句ではいい足りないくらいすごい」

「弾薬庫が爆発したんだな」

「そうだろう」

その爆発は、オレゴン号がはじめた破壊の仕上げとなり、ポートランド号の船体は完全にまっぷたつになった。半分ずつが崖から横向きに離れて傾き、不意に転覆した。すぐにどちらもフィヨルドの底に沈むはずだった。

オレゴン号もじきにそのあとを追うだろう。もう沈没をとめることはできない。すさまじい爆発で船首がもぎ取られたあと、オレゴン号もポートランド号の残骸とおなじように、フィヨルドの中央へ押しやられて、そこでとまった。

「早く、会長」リンクはいった。「急いで脱け出さないと」

　カブリーヨは、目をしばたたいてあけ、階段の踊り場に倒れていたと知った。頭にひりひりするミミズ腫《ば》れができていた。爆発によって、何段か転げ落ちたようだった。死んでいないところを見ると、爆発はポートランド号で起きたらしい。

　カブリーヨは起きあがって、五感を取り戻し、階段を昇って甲板に出ると、すがすがしい寒気に包まれた。そこは上部構造の船首寄り右舷だった。

オレゴン号の船首のほうを見ると、完全になくなっていた。残っていたのは甲板のギザギザの裂け目だけで、甲板は徐々に前のめりに傾きつつあった。フィヨルドの崖から離れたところで、ポートランド号の前半分とうしろ半分が転覆していた。前半分はゴボゴボという音をたてて、海に呑み込まれるところだった。うしろ半分は垂直になり、ロケットを海底に向けて発射したように、まっさかさまに沈んでいった。

　カブリーヨは考えたくもなかったが、オレゴン号がおなじ運命をたどることは明らかだった。カブリーヨは、近くの救命筏コンテナのところへ行き、ナイロンロープをつかんで、自動離脱器を作動させた。筒型のコンテナが海に落ちた。さらにロープを引くと、液化炭酸ガスボンベが作動した。コンテナがあき、筏が膨らんだ。

　手摺を越えて救命筏に跳びおりようとしたとき、銃撃が湧《わ》き起こって、筏に穴があいた。一発が左腕に当たるのがわかった。背すじが冷たくなるくらい聞き慣れた声が、カブリーヨを嘲った。

「おい、ファン！」テイトが、いかにもうれしそうに叫んだ。「船長は船と運命をともにしなければならないという決まりを、知らないのか？」

71

「どこから撃ったか、見えるか？」リンクがきいた。

エディーは、甲板に双眼鏡を向け、救命筏を引き裂いた銃弾の発射源を捜したが、撃った人間を見つけられなかった。

「いや、でも会長は生きている」

「さっきまでは。甲板に血痕《けっこん》が見えるか？」

「見えないが、遠いからなんともいえない」そのとき、カブリーヨが手と足を突いて起きあがるのを、エディーは見た。「待て。会長が動いている。繋柱《ボラード》にもたれて、起きあがった」

「会長を狙い撃ってるやつを、見つけなきゃならない」

「待て、そいつの脚が見えた。上部構造の蔭に後退している。見えるか？」

「見えた」リンクがいった。「だが、撃つのは難しい。どうやって乗り込んだんだろう？」

「わからない。オレゴン号の甲板に出てきたのは、会長が最初だった。ここから狙い撃てるか？」エディーはいった。

「射界にはいって、数秒じっとしていれば。ここのあそこのあいだの横風の偏差量を計算に入れるのが難しい……まだ連絡はないか？」

「ない」カブリーヨが見えているのに話ができないのは、いらだたしかった。

「会長が見通しのきくところにあいつをおびき出すよう、無線で指示できればいいのに」

「そのほうが好都合だな。しかし、われわれがここにいるのを、会長は思い出すはずだ」

カブリーヨは、戦闘用義肢から出したセラミックナイフで、救命筏のロープを切り、出血している腕の止血帯にするために、反対の手で巻いて、歯で絞めた。肘を曲げると激痛が走ったが、骨は砕けていないようだった。

カブリーヨは、念のために隠し場所のある義肢をつけていた。そうしておいてよかったと思った。四五口径ＡＣＰ弾を使用するコルト・ディフェンダーを出した。弾倉の七発に加え、薬室に一発ある。テイトの銃には太刀打ちできないことは明らかだった。G36アサルト・ライフルの銃声だと、カブリーヨは聞き分けていた。

カブリーヨは、尾根を見あげた。そこからリンクとエディーが見ているとわかっていた。距離があり、白い服でカムフラージュしているので、ふたりの姿は見えない。バーレット・アンチマテリアル・ライフルの轟音は聞いていないので、リンクにはテイトが見えないのだろう。ふたりがそこにいるのをテイトが知る由もないことが、カブリーヨにとっては有利だった。

テイトを、見通しのきく場所におびき出さなければならない。尾根に霧がかかりそうなので、あまり時間がない。

「おまえは自分の船と運命をともにしなかったようだな、テイト」カブリーヨはどなった。

「そんな間抜けな文句を、わたしが信じていると思うのか？」テイトが叫び返した。

「おまえみたいなボーイスカウト向けの台詞《せりふ》だ。それに、最後にもう一度、おまえと会いたかった」

「わたしはここにいる。殺《や》りにくればいい」

「そうはいかない。おまえが脚に小道具を隠しているのは知っている。たぶんちっちゃな使いやすい拳銃もあるだろう。わたしとはちがって、アサルト・ライフルはないだろうが」

「図星だ、テイト」カブリーヨは、ボラードの横から身を乗り出し、テイトを誘い出そうとして、三発を立てつづけに放った。

「ほら、こっちだ、ファン！　隠れようとしても、わたしはおまえとおなじようにオレゴン号のことをよく知っている。手間をとらせないで、海に跳び込んだらどうだ？　水は冷たいから、二分もたてば低水温ショックで死ぬだろう」

テイトは、時間を稼ぎ、オレゴン号とともに沈んでもかまわないと思っているようだった。オレゴン号は船首から先に、いまにも沈没しそうだった。カブリーヨは、船内におりられるもっとも近い水密戸を見た。遠すぎる。半分まで行かないうちに、テイトに撃ち殺されるだろう。

もっと過激な手段を講じ、エディーとリンクが応援してくれることを願うしかない。

カブリーヨは立ちあがり、引き金がカチリという音をたてるのが聞こえるまで、テイトの方角へ残弾をすべて放った。拳銃を甲板にほうり出し、立ったままでいた。

テイトが、上部構造の蔭から覗いた。「馬鹿な真似をする。わたしに打ち負かされて、自殺したくなったんだな」

カブリーヨは首をふり、両手を高々と差しあげた。「どちらもちがう。ただ実際的なだけだ」

テイトが、尊大な笑みを浮かべて、G36を脇で下に向けた。ぶらぶらとカブリーヨに近づいた。

「このときを長いあいだ待っていた」テイトがいった。

カブリーヨはうなずいた。「わたしもだ」

「さらば、ファン」

「さっさと撃て」カブリーヨはいった。

「よろこんで」テイトは足をとめ、狙いをつけた。

「おまえにいったんじゃない」

テイトが狙い撃つのにうってつけの位置で佇《たたず》むのを、エディーは尾根をくるみはじめていた霧の触手を透かしてはっきりと見た。テイトがなにかをいい、ライフルを構えた。

「撃ち殺せ」エディーはいった。

リンクが引き金を引いた。

72

オレゴン号が、身ぶるいし、ほんのすこし沈んだ。船内の区画に浸水したためだった。テイトが命拾いするには、それでじゅうぶんだった。

なにかに頰を切り裂かれ、テイトは平手打ちを食らったみたいにたじろいだ。そのとき、どこか上のほうからライフルの銃声が聞こえ、フィヨルドを見おろす山にカブリーヨがスナイパーを配置していたのだと悟った。脳みそを吹っ飛ばそうとして、カブリーヨは射界にわざとおびき出したのだ。あやうくそれが成功するところだった。

テイトは、カブリーヨがいた方角に、弾倉の全弾を放った。隠れ場所に戻ったとき、銃弾二発がさっきまで立っていた甲板に大きなくぼみをこしらえた。上部構造の蔭に身を隠すと、テイトはライフルから空弾倉を抜き、新しい弾倉を押し込んだ。顎からシャツに血がしたたっていたが、痛みは感じなかった。血管をアドレナリンが駆け巡り、ハイになっていた。

「抜け目ないな!」テイトは叫んだ。「あやうく殺られるところだった。だが、おまえは自分の船に裏切られた」

返事はなかった。

「そこにいるんだろう、ファン? 水を撥《は》ねかす音が聞こえる」

「そろそろフェアに戦おう、テイト!」カブリーヨはどなり返した。

隔壁の水密戸が閉まる音を、テイトは聞いた。

フェアな戦い? フェアな戦いにするには、カブリーヨはアサルト・ライフルを必要とするはずだ。

二層下の武器庫に向かっているにちがいない。カブリーヨが銃撃戦のために武器を手に入れることを、テイトは心配していなかった。行き先がわかったことに、おおよろこびした。

テイトは、上部構造の横から覗き、山が霧に覆われているのを見た。もうスナイパーから見えなくなった。

テイトは、オレゴン号の秘密の区画に通じている隠し戸に向けて走った。カブリーヨは、急いで武器庫に行こうとして、閉めるのを怠っていた。

階段を駆けおりるあいだ、カブリーヨは自分の不運をくよくよ考えはしなかった。リンクの狙いは精確だった。テイトを弾丸の飛翔経路からはずれさせたのは、オレゴン号だったのだ。

カブリーヨは、あらたな戦術をすぐさま編み出した。霧が立ち込めたので、リンクの応援は期待できないから、代案その二《プランC》を考えるしかなかった。いや、この時点では、すでに代案その五《プランF》くらいかもしれない。オレゴン号が急速に沈んでいるのは、どうにもできない。あと数分で沈没するはずだと、カブリーヨにはわかっていた。

カブリーヨはマックスに、死にたくはないといった。いまもそう思っている。だが、オレゴン号から脱出するのを、テイトはなんとしても阻止しようとしている。もう義肢に銃は残されていない。

甲板でテイトが口にしたことから、カブリーヨはあらたな戦術を思いついた。テイトは、おなじようにオレゴン号のことをよく知っているといった。

だが、それは思いちがいだ。カブリーヨとおなじようにオレゴン号のことを知り尽くしているのは、乗組員だけだ。オレゴン号が最初に設計され、建造されてから、船内では数々の改造がほどこされてきた。その改造は、テイトがポートランド号を建造するために盗んだ最初の設計図には載っていない。二隻は瓜ふたつだが、細かい変更によって、オレゴン号は唯一無二の船になっている。
武器庫も、改造された部分だった。
テイトが餌に食いついて追ってくることを、カブリーヨは願っていた。

73

テイトは、一度に二段ずつ、階段を駆けおりた。カブリーヨが武器を持って出てくる前に武器庫へ行こうとして、すさまじい速さで走った。カブリーヨが武器庫にいるあいだに追いつけば、そこに閉じ込めることができる。そうすれば、カブリーヨは確実に、船もろとも海の底に沈む。

二層下へ行くと、テイトは通路を全力疾走し、射場のドアに達した。そこまでの優美な絨毯《じゅうたん》に、新しい血痕が点々とついていた。

テイトはひざまずき、カブリーヨが待ち伏せている場合に備えて、射場のドアをゆっくりと引きあけた。射場のあちこちにライフルの銃口をふり向けたが、敵影はなかった。血痕は武器庫までつづいていた。

カブリーヨはまだそこにいる。

テイトは、にやりと笑った。G36を構えて、武器庫のドアの横にあるキーパッドを一連射した。ポートランド号では、キーパッドがいじられたときには、ドアがロックされる仕組みになっている。弾丸を撃ち込まれれば、派手にいじられたのとおなじことだ。

念のため、テイトはドアノブをためした。びくとも動かない。

防音ドアを通して、カブリーヨが銃声を聞いたかどうか、テイトにはわからなかった。だから、ライフルの床尾《しょうび》で叩いた。

「聞こえるか、ファン?」テイトはどなった。「こんなやりかたになって残念だ。オレゴン号は、おまえにとってうってつけの墓場になるだろう!」

応答はなにも聞こえなかった。カブリーヨはRPGでドアを撃ち破ろうとして、死ぬのが落ちだ。脱出して救命筏を見つけ、文明の地に戻る算段をする潮時だと、テイトは思った。

もちろん、近くにオレゴン号の乗組員がいれば、捕らえられるおそれがある。だが、彼らに連れていかれる刑務所よりもずっと警備が厳重な刑務所から脱走したことがある。オフショア口座にまだ何百万ドルも隠してある。あらたな生活を立て直すにはじゅうぶんだ。ようやく復讐を果たしたことのほうが重要だ。

テイトはひきかえして、射場のドアを押した。

射場のドアはあかなかった。

カプリーヨが武器庫へ行ったのは、テイトと戦う武器を取りにいくためではなかった。やかましい音を聞かされる射場を通らないと武器庫へ行けないのが嫌になったカプリーヨは、もっと楽にはいれるように、広い武器庫の射場とは反対側にドアを設置した。テイトはそういう手間はかけていないだろうと、カプリーヨは憶測した。

そこで、テイトが射場にはいってライフルで武器庫のキーパッドを撃ったときに、カプリーヨは武器庫のそのドアを出て外側から射場のドアに駆け戻り、船内の防火扉すべてをロックする暗証番号を打ち込んだ。それにより、射場と武器庫のドアもロックされた。

ドアを叩く音がくぐもって聞こえ、つづいてライフルでドアを撃つ音が聞こえたところで、カプリーヨは船内通信のスイッチを入れた。

「わたしとおなじようにこの船のことを知り尽くしているといったな、テイト。どうやら思いちがいだったようだ。このドアが防火、防弾、防水なのは、知っているだろう」

「卑怯者《ひきょうもの》！」テイトがわめいた。「ここに閉じ込めるとは、汚いぞ！」

「おまえがわたしにやろうとしたこととおなじだ」

「はいってきて一対一で戦え！　武器なしの腕力勝負だ。どっちが強い男か、たしかめよう」

「その答を出すのに、おまえと戦う必要はない」

　テイトのために、オレゴン号を沈めなければならなくなったことも含めて、たいへんな苦難を味わわされたことを思えば、顔を思い切りぶん殴りたかった。だが、生き延びるためには、こうするしかなかった。最後にもう一度、オレゴン号に命を救われたのだ。

　傾いている通路を、凍てつく水が押し寄せてきて、たちまち足が水に浸《つ》かった。カブリーヨは、皮肉な成り行きを思わずにはいられなかった。テイトは、自分が撃沈すると誓った船のなかで、海に沈もうとしている。

「もう行くぞ」カブリーヨはいった。「また会えて楽しかった、テイト」

　テイトが答える前に、カブリーヨは船内通信のスイッチを切った。テイトに捨て台詞をいわせるのは無意味だ。

　カブリーヨは、水のなかを歩き、傾きが激しくなっているオレゴン号の階段を目指した。

74

できるだけ長く、体を濡らさないようにしなければならないと、カブリーヨにはわかっていた。オレゴン号を呑み込もうとする海水のなかをすこし歩いただけで、爪先の感覚がなくなっていた。

一秒ごとに甲板の傾きが増し、階段を昇るのが困難になっていった。それと同時に船が沈むのが速まり、一歩ごとに奔流《ほんりゅう》が追いすがってくるように思えた。

カブリーヨは、急な崖を登っているような感じで、いいほうの腕で手摺をつかみ、ブーツを壁につっぱって、体を引きあげていった。

上部構造の船尾寄りの上甲板に達したときには、オレゴン号はかなり急角度に傾き、船体の半分が海に呑み込まれていた。カブリーヨは手摺を乗り越えて、手摺の鎖をつかみ、船尾へと登っていった。

扇形船尾まで三〇メートルというところで、船尾クレーンの基部に不自然なねじれモーメントがかかっていたせいで、クレーンが倒れた。鋼鉄の桁材《ガーダー》が上部構造に激突し、円材《ブーム》がカブリーヨのすぐうしろの舷縁に激突し、甲板を滑っていって、海に落ちた。

残されている時間はほとんどない。手の届くところに救命胴衣はない。周囲の海を見まわしたが、救命艇は見えなかった。とはいえ、当然のことだった。ポートランド号が沈むまで予想以上に時間がかかるかもしれないので、フィヨルドの反対側に避難するよう命じておいたのだ。せっかくオレゴン号を犠牲にしたのに、テイトに乗組員を掃滅されたくはない。

岸まで泳ぎ、だれかが迎えにくるのを待つのが、最善の策だった。海から陸地へあがれるもっとも近い平らな場所は、オレゴン号の船尾から三〇〇ヤードほど離れているようだった。プールを兼ねているオレゴン号のバラストタンクでいつも長距離を泳いでいるので、息を切らさずに泳げる距離だった。

だが、骨の髄《ずい》まで凍りそうな水温と、片腕しか使えないことが問題だった。上半身の生命維持に必要な器官向けの熱とエネルギーを温存するために、四肢への血の流れが弱まり、体力があっというまになくなるはずだった。

船体の傾きは増すいっぽうで、片手で扇形船尾まで登るのはほとんど不可能になっていた。たとえそこまで行けたとしても、ベンチュリ管の開口部を越えて跳ばなければならない。沈没するオレゴン号のベンチュリ管に呑み込まれたら、とうてい生き延びられない。

方法はひとつしかなかった。カブリーヨは迷うことなく手摺を越えて、冷たい水に浸かるのを覚悟し、跳び込んだ。

フィヨルドの凍れる海水に包まれると、予想をはるかに超える冷たさに、カブリーヨはショックを受けた。肺いっぱいに水を飲み込みそうになった。浮上しようと水をかくだけで、指の感覚が麻痺《まひ》した。頭が水面に出た。風が顔に吹きつけ、貫くような寒気がいっそう冷たく感じられた。

カブリーヨは、沈んでゆくオレゴン号が渦をこしらえている水面を、最初の五〇ヤードは力強く泳いだ。だが、バッテリーの残量がなくなるように、筋肉が力を失っていくのがわかった。

あきらめるのを拒んで、カブリーヨは泳ぎつづけたが、見あげると、岸は一分前よりも近くなっていなかった。力がほとんどなくなり、極度の疲労に襲われていた。しばらく浮いていることはできるが、それだけだった。岸へ行き着くのは無理だ。

うしろから、何度かドーンという大きな音が聞こえた。ふりむくと、オレゴン号の船尾が水面に向けて沈み、まわりが泡立っていた。上部構造はすでに水に没していた。水圧が高くなって持ちこたえられなくなった隔壁が、破れる音だったにちがいない。シャンパングラスの断面の形をした優美な扇形船尾が水面に近づくのを、カブリーヨは悲しみの底に沈みながら見守った。何年ものあいだ、数知れない任務でオレゴン号を推進させてきた、信頼性の高いベンチュリ管が、ぱっくりと口をあけているところに、海水がなだれ込んでいた。

塗装がめくれて錆びている船体を、海水がじりじりと包み、磁気を帯びた鉄粉で記されたＯＲＥＧＯＮという文字を、ひとつずつ洗い流していった。海に沈んでいった最後の部分は、風にはためくアメリカ国旗を掲げた旗竿だった。まるで沈みたくないとでもいうように、星条旗が水面に平らにひろがり、やがてそれも奈落の底へひきずり込まれた。

オレゴン号の最期を記すものは、渦巻く海面だけだった。不滅かと思われたオレゴン号は逝《い》ってしまった。

エネルギーが枯渇《こかつ》しそうになっていたカブリーヨは、体を一周させたが、だれも見えなかった。濃い霧のために、リンクとエディーにも見えないにちがいない。カブリーヨはほんとうに独りぼっちだった。

カブリーヨは、絶大な安らぎを感じた。乗組員は安全だ。自分はやらなければならないことをやった。美しい自然に囲まれたこの孤絶した場所が、自分の最期の安息の地になる。

カブリーヨは、立ち泳ぎをやめた。目を閉じ、頭が水面の下に沈んでいった。

テイトは、武器庫のドアを叩いた。武器庫にはいり、この監獄から脱け出すための武器を見つけようと、必死になっていた。G36アサルト・ライフルは、弾倉がとっくに空になり、足もとに転がっていた。どちらのドアも、弾丸でくぼみができていた。いままでは、船首側の隔壁に立っているような状態だった。オレゴン号がどれほど沈んでいるのか、見当もつかなかったが、まだ水密戸から浸水してはいなかった。

テイトは、過呼吸を起こしていた。チェチェンの刑務所は拷問にひとしい環境だったが、ここはそれよりも恐ろしい。こんな死にかたは嫌だった。

わめき散らしていたので、喉が痛かった。それでも叫びつづけた。

「ファン！　聞こえているのはわかっているんだ！　かならず仕返しをしてやる！」

外側のドアから、ノックのような音が聞こえた。そこに近づいてドアに掌を当てるのに、伸びあがらなければならなかった。鋼鉄のドアが冷たく感じられた。凍るような冷たさだった。

そのとき、ドアが手を押すのが感じられた。ボーイスカウト気取りのカブリーヨが、情けをかけてくれたのか。

「戻ってきてくれるとわかっていた！」テイトはよろこんでどなった。

だが、よろこんだのはつかの間だった。レーザーのような細い水が一本、ドアの隙間から噴出した。

また一本。そしてまた一本。テイトの腕に一本が当たり、すさまじい水圧で、メスのように皮膚を切り裂いた。

ドアの外にだれかがいるわけではないと、テイトは悟った。オレゴン号はフィヨルドの底に向けて急激に沈んでいる。水圧が高くなるにつれて、ドアが内側にたわんだ。

テイトはあとずさった。どこへも逃げられない。

ついにドアが水を押し戻せなくなった。蝶番《ちょうつがい》からもげて、射場の奥へ吹っ飛び、津波のような奔流が押し寄せた。

テイトは口をあけて、叫ぼうとした。海水がたちまち肺を満たし、テイトは深度数百メートルのすさまじい水圧に押し潰されて死んだ。

75

フィヨルドを沈んでいきながらカブリーヨが目をあけると、水面は遠く、闇に包まれているのがわかった。寒さのために四肢の感覚がなく、手足を動かしているのか、それとも流れに乗ってゆったりと漂っているのか、判断がつかなかった。疲れていて、どうでもよかった。頭脳も働かなくなっているにちがいない。まるで感覚遮断タンクに入れられたように、奇妙な安心感を味わっていた。

それでも、できるだけ長く息をとめようとしていた。脈が遅くなるのが感じられ、息をとめている時間の自己記録を更新できるかもしれないと思った。息を吸ったときが最期になる。格調高い死にかただ、と思った。

そのとき、重大な変化が起きた。最初はなんだかわからず、意識が朦朧《もうろう》としているのかと思った。ようやく、またたいて、理解した。

体が軽くなっている。水面に向けて動いている。

泳いでいるはずはなかった。腕と脚を動かす力も意思もない。無意識にそうしているのかと思い、下を見ると、両腕の上に金属のようなものが見えた。ブレスレットか？ 手錠か？ 明るい水面に近づくまで、見当がつかなかった。光る金属製の物体が、カブリーヨの腕をつかんで、上に押しあげていた。腕を組んでいるような感じだった。手のようだが、なんとなくちがっていた。

手ではない。鉤爪《かぎづめ》。ロボットの鉤爪。

水面はすぐそばだったが、カブリーヨは息をしたいという衝動にあらがえなくなっていた。肺に水がはいると同時に、体が痙攣《けいれん》した。

その瞬間、頭が水面から出て、なにもかも真っ暗になった。

カブリーヨが意識を取り戻すと、そこは水中ではなかった。電子カイロを当てられ、保温ブランケットをかけられて、仰向けに寝ていた。胸と喉が痛かったが、空気を吸っていた。

ジュリア・ハックスリーが、心配そうな顔で、上から覗き込んでいた。

「生者の国にようこそ」ジュリアがいった。「しばらくのあいだ、ほんとうにきわどい状態だったのよ」

カブリーヨは咳をして、ジュリアに支えられ、上半身を起こした。正面に潜水艇のコクピットがあり、〈ノーマド〉に乗っているとわかった。

「どれぐらい意識を失っていたんだ？」喉頭をチーズおろしにかけられているような心地がした。

「一時間くらいよ。わたしが心肺蘇生術《CPR》をやったあと、だいぶ水を吐いた。心肺機能が回復してから、また意識を失ったの。死なれてしまうのかと思った」

「とにかく、記録を更新したよ」

「えっ？」

カブリーヨは首をふった。「たいしたことじゃない。わたしはどうやって助けられたんだ？」

「あのふたりのおかげ」ジュリアが右のほうを指差したので、カブリーヨが見ると、マックスが潜水艇の内側の壁にもたれていた。ケヴィン・ニクソンがタオルを巻いて、そのとなりの座席に座っていた。髪が濡れている。

「おれたちに離れていろと、あんたが命じたのは知ってる」マックスがいった。「でも、おれはいつも命令に従うとは限らないんだよ。あんたのあとを追った。応援がいるかもしれないと思ったんだ。で、あんたが沈むのを見て、急いで近づき、ロボットアームでつかんだ。つらい作業をやったのは、ケヴィンだ」

ケヴィンが肩をすくめた。「マックスがロボットアームでつかんだとき、会長が意識を失ってるのが見えたんです。わたしは水に潜って、〈ノーマド〉に乗せられるように、横へひっぱってきただけですよ。水があまりにも冷たくて、息がとまりそうになった。救命胴衣をつけて、ほんの数秒浸かってただけです。会長は片腕が使えなくて、体を浮かせるものもないのに、よくあれだけ長くがんばれましたね」

カブリーヨは、腕のことを忘れていた。見おろすと、きちんと包帯を巻いてあった。

「何針か縫わないといけないだろう」カブリーヨはいった。体が温まったので、感覚が戻り、上腕の射入口と射出口がうずいた。

「じつは縫わなくていいの」ジュリアがいった。「弾丸は骨に当たらなかった。消毒して包帯をよく取り替えればいいだけよ。縫うと、外からはいった汚染菌の排出が妨げられるだけよ。二カ月もたてば、新品同様になるわ」

ジュリアは、カブリーヨに水のはいったコップを渡した。海水を大量に飲んで、喉がカラカラに渇いていたので、カブリーヨはごくごく飲んだ。

「乗組員はどうした？」カブリーヨは、マックスにきいた。

「全員無事で、ひとりも欠けていない。ゴメスも見つけたよ」

カブリーヨは、それをきくのを怖れていた。「生きていたんだな？」

「ああ、そうだ」マックスがいった。「先にいえばよかったな。ゴメスは信号弾を打ちあげ、〈ディープウォーター〉が短距離ドローンで位置を特定した。氷河にかわいらしくちょこんと不時着したみたいだ。エディーとリンクは、上の尾根から霧の合間を縫って飛べたから、いまごろはＨＯＢといっしょに〈ゲイター〉に乗ってるはずだ。連中がゴメスを迎えにいく」

「ポートランド号の生存者は？」

マックスは、首をふった。「あっち側で生き残ったのは、リー・クォンだけのようだ。リンダがリーを〈ディープウォーター〉に監禁してる。シンガポールの官憲が、よろこんでリーを引き取ってくれるはずだ」

「で、貴重品は？　モーリスが運び出してくれたか？」

「もちろんでございますよ、艦長」心安らぐイギリス人の声が、カブリーヨのうしろから聞こえた。

カブリーヨがそっと首をまわして、〈ノーマド〉のキャビン後部を見ると、モーリスとオーヴァーホルトが、箱や巻いた絵画が山積みになっている横に座っているのが目にはいった。

「きみが崖っぷちから戻ってきたのを見て、ほっとしたよ」オーヴァーホルトがいった。

「戻ってこられてよかった。手伝ってくれてありがとう、モーリス。頼りになるのはわかっていた」

「艦長にお任せいただいた仕事がどういうことを意味するかを思うと、あまりうれしくはなかったのですが」モーリスがいった。「適切な措置でございました。貴重な所有物を回収せずに、オレゴン号が海の底へ沈むようなことは、あってはならなかったと存じます。オーヴァーホルトさまとわたくしは、艦長の金庫からも〈コーポレーション〉の貴重品を回収いたしました。乗組員の船室からも、大切な記念品を持ってきました。船内の美術品はすべて救うことができました」

モーリスは、オレゴン号と乗組員のことを、だれよりも詳しく知っているので、その仕事にはうってつけだった。

「よくやってくれた」カブリーヨはいった。「乗組員も感謝してくれるにちがいない」

「それで思い出したが、あそこにいるよ」マックスは、コクピットの窓を指差した。

オレゴン号の救命艇二艘が、二〇ヤード離れたところで、ぷかぷか浮かんでいた。

「ジェファーソン船長は、〈ディープウォーター〉の主機はあすの朝までに修理できそうだといっている。〈ディープウォーター〉が航行できるようになったら、こっちへ来て、全員を乗せて、救命艇や潜水艇をすべて、プンタアレナスまで曳航してくれるだろう」

乗組員の胆力《たんりょく》と機転に感心して、カブリーヨはうなずいた。オレゴン号は沈んだが、乗組員はほんとうに大切なもの——仲間——を救うことができた。

「家を失ったのは気の毒だった」オーヴァーホルトがいった。

カブリーヨは、〝ああいう船はふたつとありませんでした〟といいそうになったが、ポートランド号のことを思い出して、ちがうことをいった。

「オレゴン号はすばらしい船でした」ほろ苦い笑みを浮かべ、みぞおちが空っぽになったような気がした。「あのおばさんがいなくなって、ほんとうに淋しいですね」

エピローグ

リオデジャネイロ
二カ月後

カブリーヨは、夜勤の労働者十数人とともにグアナバラ湾を渡る小型フェリーに乗って、リオデジャネイロの街明かりから遠ざかり、ヴィアナ島を目指した。日没をかなり過ぎていて、島のまわりには貨物船がひしめき、新築の貨物積み替え用倉庫と貨物船のあいだを貨物が行き来していた。倉庫は五十年前からある缶詰工場の廃屋と隣り合っていた。フェリーが桟橋に横付けされると、新築の倉庫の側面に描かれた馬鹿でかい文字が、カブリーヨの目に留まった。

フェレイラ・インドゥストリアス・グロバイス。〝フェレイラ・グローバル産業〟。

カブリーヨは、まだ眠気がとれないというようにあくびをしながら、労働者たちとともに重い足どりでフェリーをおりた。下船した一団を警備員が立ちどまらせ、身分《I》証明書《D》を確認した。

カブリーヨは、自分のIDを渡した。〝ルイス・カルヴォ〟と書いてある。カブリーヨの顔には特殊メイクの肉付けを接着してあり、ほんもののルイス・カルヴォの写真と見分けがつかない。カルヴォはいま、アパートメントでハリに拘束されている。倉庫の労働者を観察して、人づきあいが悪いとわかったカルヴォが、なりすましの対象に選ばれた。フェリーに乗っているあいだ、カブリーヨは他の労働者と話をせずにすんだ。

警備員が、IDを念入りに調べてからいった。「ヴァ・パラ・デントゥロ」なかにはいれ。

この任務に備えて六週間前からポルトガル語を勉強していたカブリーヨは、「ありがとう《オブリガド》」と答えた。倉庫にはいり、他の労働者につづいて、ブラジル全土のリカルド・フェレイラの工場から運ばれてきた商品や資材を保管しているだだっぴろい空間の奥へ進んでいった。

労働者たちは、貨物用エレベーターで二階下までおりた。ドアがあき、二〇〇メートル前方へのびている広いトンネルが現われた。カブリーヨは、左腕を曲げのばししながら、ぶらぶらと進んでいった。ジュリアがいったとおり、傷痕二カ所が縮んで、皮膚が引きつれる感じがあるだけで、撃たれる前となんら変わりがないようだった。

トンネルの突き当たりで、一行はべつのエレベーターに乗った。どうやらそこはくだんの廃工場の下らしかった。二階上へ行って、エレベーターのドアがあくと、そこは照明が明るい広大な工場だった。

組み立てラインに乗っていた製品は、フェレイラのヨットでカブリーヨが試作品を見たスリップストリーム潜水ドローンだけだった。麻薬の売人や密売業者からの注文が順調なので、本格的な量産が開始された。最初の完成品が、まもなく工場から出荷される手はずになっていた。

工場を見おろす豪華なオフィスがあることに、カブリーヨは気づいた。そこにいる注文仕立てのスーツを着た男が、興奮して電話で話をしている。男が向きを変えたとき、カブリーヨはすぐさま、リカルド・フェレイラだと見分けた。フェレイラは、ひとりきりだった。

カルヴォのおかげで、カブリーヨはそのオフィスへ行く階段の場所を知っていた。労働者たちからそっと離れて、廊下を階段に向けて進んだ。警備員が、ひとりだけ番をしていた。カブリーヨは廊下にはいると同時に、顔にハンカチを当てて、鼻血が出たふりをした。

「わたしトイレ必要《エウ・プレシソ・デ・バニエイロ》」カブリーヨはいった。

「洗面所は工場の反対側だ、間抜け《イディオタ》」警備員が英語とポルトガル語をちゃんぽんにして答え、指差した。

警備員の手が銃から離れて上にあがったとき、カブリーヨはその男の脇腹を肘打ちし、頭を自分の膝に叩きつけた。警備員が気絶して床に倒れた。しばらくしたら意識を取り戻すだろうが、それでじゅうぶんだった。

カブリーヨは、警備員のセミオートマティック・ピストルをポケットに入れ、時計を見た。近くの非常口へいった。チェーンがかかっていて、警報機がある。カブリーヨはすばやく南京錠《なんきんじょう》をあけて、警報を解除した。

カブリーヨが非常口をあけると、黒い戦闘装備に身を包んで目出し帽をかぶった四人がはいってきた。いずれもサプレッサー付きのAR・15アサルト・ライフルで武装している。ひとりはカーボンファイバーのクロスボウを持っていた。

「時間はぴったりだ」エディーがいった。

「問題はなかったか?」階段に忍び寄りながら、カブリーヨはきいた。

「警備員がふたりほど、あすの朝、頭痛で目を醒《さ》ますでしょう」リンクがいった。

「股《また》にアイスパックを当てないといけないかも」レイヴンがつけくわえ、カブリーヨに手錠を渡した。

マクドがアサルト・ライフルを渡そうとすると、カブリーヨがいった。「今回は、クロスボウを使いたい」

「そうすか？」マクドがきいた。「でしょうね。こいつは別嬪《べっぴん》だもの」

「〈ゲイター〉に戻ったら返すと約束するよ」カブリーヨはいった。船がいない桟橋で、リンダが〈ゲイター〉に乗って待機している。

工場監督のオフィスの外で、カブリーヨはいった。「六十秒くれ。そうしたら、ここを出る」

カブリーヨは、四人と離れて階段を駆けあがった。工場にいるので、フェレイラは安心しきっているにちがいない。オフィスの外に警備員はいなかった。

カブリーヨがオフィスに跳び込むと、フェレイラが衝撃のあまり、目を剝いて睨んだ。カブリーヨは、クロスボウでフェレイラの顔に狙いをつけた。

「おまえはだれだ《ケンエ・ヴォセ》？」フェレイラが、怒声を発した。

「だれか、だと？」カブリーヨは英語で答えた。「わたしの顔がわからないのか？」

「わからん」

「わたしはルイス・マシャードと約束した。おまえにはロベルト・エスピノサと名乗っていた男だ」

フェレイラは、一瞬、まごついていた。「あの裏切り者か？　いったいどういう――」

カブリーヨは、クロスボウの狙いをつけたままで、顔の肉付けを剝がした。「マシャードが、この工場のありかを突き止めた。その情報を使っておまえを滅ぼすと、わたしはマシャードに約束した。そして、ここにいる」

カブリーヨが何者かを、フェレイラがようやく悟った。「ホルヘ・ゴンサレスか！　わたしのヨットが襲われたときにいた」

「マシャードを殺した日だ。それにわたしはホルヘ・ゴンサレスではなく、ファン・カブリーヨだ」

「何者だろうが関係ない。生きてここを出られると思っているのか」

「出られそうだと思っている」

火災報知器が鳴りはじめた。

「エヴァキュアル・デル・エヂフィスィオ」エディーの声が、ラウドスピーカーから響いた。〝この建物から避難してください〟。

工場では労働者たちが、唯一の出口であるエレベーターに殺到していた。彼らがいなくなると、エディー、リンク、レイヴン、マクドが散開して、工場に爆薬を仕掛けた。

「こんなことは許さん」フェレイラがうなった。

「さてどうかな」

「警察はわたしのものだ。おまえらを逮捕する」

「怖くてふるえがとまらないよ」

カブリーヨが手錠をポケットから出すためにクロスボウをおろすと、フェレイラがその隙に付け入ろうとした。ショルダー・ホルスターに収まっていることにカブリーヨが気づいていた拳銃に手をかけた。フェレイラが半分抜く前に、カブリーヨはクロスボウをさっと持ちあげて、心臓を射抜いた。

フェレイラが、口をぽかんとあけて、自分の胸を見てから、膝を突き、見えなくなった目がカブリーヨを凝視した。

「約束したらきちんと守る」カブリーヨはいった。

階段を駆けおりて、非常口で四人と落ち合った。銃を奪われた警備員は逃げていた。

「行くぞ」カブリーヨはいった。「なにが起きたか、やつらがじきに気づく」

五人は、がらんとした廃工場を駆け抜けて、崩れかけた桟橋へ行った。〈ゲイター〉がそこで待っていたので、五人はすばやく乗り込んだ。カブリーヨがハッチに立っていると、缶詰工場の廃屋が一連の爆発でバラバラに吹っ飛んだ。スリップストリーム潜水ドローンも破壊された。

カブリーヨは、マクドにクロスボウを返して、ハッチを閉めた。リンダが、〈ゲイター〉を半潜航させた。

コクピットから、リンダがいった。「十五分でおうちに帰れるわよ」

いまの〈ゲイター〉の〝おうち〟は、湾の向かいにある貸し艇庫だった。

「それはそうと」リンダがいった。「マックスが電話してきた。かなり興奮してたわよ」

カブリーヨは携帯電話を出して、マックスにかけた。

「どうだった？」電話に出たとたんに、マックスがきいた。

「任務完了」カブリーヨはいった。「だが、仮の宿にいると、立案と実行は、けっこう時間がかかる」

「その解決策があるかもしれない。ほら、動画に切り替える」

一秒後に、港を歩いているマックスの姿が見えた。特徴のある建物や地形が見えなかったので、どこにいるのか、カブリーヨにはわからなかった。マックスが地球の反対側にいることだけはわかった。明るい太陽が輝いていたからだ。

これまで一カ月、マックスは世界を股にかけて、〈コーポレーション〉のために新しい船を捜していた。木材運搬船からハイテク・スパイ船に変身したオレゴン号のような改造が、可能な船でなければならない。ラングストン・オーヴァーホルトと、サンデッカー副大統領が、資金はあると明言している。テイトのオフショア口座を突き止めて回収したCIAの資金の一部と、将来、音響眩惑装置への対抗手段を開発するのに必要な設計図への報奨金を使うことができる。

マックスは、イタリア、マレーシア、韓国に至るまで、あちこちの港、廃船処理場、造船所を漁《あさ》り、オレゴン号の二代目に使うのに完璧な船を追い求めていた。オレゴン号を失ってから、マックスはずっとふさぎ込んでいた。だが、数カ月ぶりにカブリーヨは、マックスの顔がよろこびと期待に輝くのを見た。

「あんたがとても信じられないようなものを見つけたんだ」マックスがいった。「おれたちが取り組んでいた設計のこと、知ってるだろう？　この船はまさに、われわれが見つけたいと思っていたとおりなんだ。早くその話がしたくてたまらない」

マックスの熱意は、周囲に伝染しやすい。カブリーヨは、〈コーポレーション〉を創設して、乗組員を集めはじめたときとおなじ、わくわくする感動を味わっていた。

マックスはかけがえのないものを見つけたのだと、カブリーヨにはわかっていた。

「話を聞くだけでは面白くない、マックス。早く見せてくれ」

訳者あとがき

オレゴン号シリーズ最新作『悪の分身船《ドッペルゲンガー》を撃て！』（*Final Option* 2019）をお届けする。善と悪が対決するストレートな展開で、手に汗を握る場面がこれでもかというくらい連続し、先へ先へと読んでいきたくなること請け合いである。

ファン・カブリーヨとオレゴン号の乗組員たちは、これまで多種多様な強敵を打ち滅ぼしてきた。だが、今回はそれらの強敵をもしのぐ、文字どおり最強の敵とまみえる。しかも、カブリーヨとオレゴン号は不利な状況に追い込まれ、外部の支援なしで戦わなければならなくなる。

オレゴン号を付け狙う強敵は、カブリーヨがＣＩＡ工作員だったころの同僚ザカリア・テイト。諜報活動中に蛮行を行なったためにカブリーヨとたもとをわかったあと、テイトは捕らえられてチェチェンの刑務所に送られたが、刑務所で死んだように偽装したあと、オレゴン号の〝分身〟のポートランド号を建造し、ＣＩＡ内部の休眠工作員とともに、カブリーヨに復讐するための陰謀を巧妙に構築する。

テイトには秘密兵器があった。音響眩惑装置と呼ばれるもので、第一次大戦後にドイツ軍を離叛した勢力が盗んで略奪に悪用していた大型Uボートに搭載されていた。それをもとに、テイトが配下の科学者に設計・製造させたのだ。

テイトはまず、ニカラグアの反政府勢力向けの武器の代金をCIAに送金させておきながら、武器を渡さず、引き取りにきたCIAの船を撃沈した。武器を運んできた船はオレゴン号にそっくりだったし、テイトは偽の義肢をはめ、カブリーヨのいつもの変装に似せて船長を演じていた。しかも、オレゴン号はその近くの水域にいたことがわかっていた。さらに、テイトは大型貨物船を撃沈し、オレゴン号の仕業に見せかける動画をリークする。

つづいて、テイトの休眠工作員とその手先が、めったにCIA本部を出ないベテラン幹部局員ラングストン・オーヴァーホルトを、ワシントンDCへの途上で拉致した。テイトの思惑どおり、カブリーヨとオーヴァーホルトが結託し、オレゴン号を使って私腹を肥やしていたが、犯罪行為がばれそうになったので行方をくらましたのではないかという疑惑が浮上する。CIAにおける強力な後ろ盾のオーヴァーホルトを失ったカブリーヨとオレゴン号は、一転、アメリカの敵と見なされるようになった。

テイトはオーヴァーホルトを人質にして、カブリーヨにいくつも難題を突き付け、そのたびに罠を仕掛ける。

もちろん、賢明な読者諸氏は、カブリーヨとオレゴン号とその乗組員たちが危難を切り抜けるものと信じて疑わないだろう。また、オレゴン号とポートランド号は、ほぼおなじ兵器を搭載しているから、正面切って戦えば互角の勝負になるはずだ。だが、テイトは平然と嘘をつき、悪逆な行為をためらわずやる。そして、その分、自分のほうが有利だと思い込んでいた。「……あいつ（カブリーヨ）には大きな弱点がある。友人や無辜のひとびとが苦しむのを見るのに耐えられない」とテイトはうそぶき、そこに付け込もうとした。

しかし、カブリーヨの右腕のマックス・ハンリーは、カブリーヨに向かって「あんたはいつも、自分のことよりも、ひとのことを気にかけるんだな」といい、それが〝最大の強み〟だと力説する。

オレゴン号の生みの親クライブ・カッスラーは、二〇二〇年二月二十四日に没したが、これらの言葉は彼の思想を如実に語っているのではないだろうか。ひとが死んでも、言葉や思想は生きつづける。そして、それが困難を乗り越える力になる。詳しいことはまだわからないが、新作の情報も散見する。ファン・カブリーヨとオレゴン号とその乗組員たちにふたたび会うことを楽しみに、筆を擱《お》くことにしよう。

二〇二〇年四月

◉訳者紹介　伏見威蕃（ふしみ いわん）
翻訳家。早稲田大学商学部卒。訳書に、カッスラー『秘密結社の野望を阻止せよ！』、クランシー『北朝鮮急襲』(以上、扶桑社ミステリー)、グリーニー他『レッド・メタル作戦発動』、シャーレ『無人の兵団——AI、ロボット、自律型兵器と未来の戦争』(以上、早川書房)他。

悪の分身船《ドッペルゲンガー》を撃て！（下）

発行日　2020年6月10日　初版第1刷発行

著　者　クライブ・カッスラー＆ボイド・モリソン
訳　者　伏見威蕃

発行者　久保田榮一
発行所　株式会社 扶桑社
〒105-8070
東京都港区芝浦1-1-1　浜松町ビルディング
電話　03-6368-8870(編集)
03-6368-8891(郵便室)
www.fusosha.co.jp

印刷・製本　図書印刷株式会社

ISBN 978-4-594-08491-2　C0197